征服されざる者《セイフクサレザルモノ》
櫂の立った乳首をクリップで挟み、耳朶を甘噛みする。ミハイルの耳に響くのは櫂の喘ぎと、手首とテーブルを繋ぐ鎖の擦れる音だけ。

征服《せいふく》されざる者《もの》

あすか

ILLUSTRATION
高座朗《たかくらろう》

征服されざる者

広いフロアの一角に、いくつもある催し物の一つとしてステージが作られていた。床から一段高い位置にある半円状のそこで、櫂《かい》は革のTバック一枚穿《は》いた姿で立っている。首、手首、足首にそれぞれ犬の首輪のような革のベルトが巻かれ、リードを通すような輪っかがついていた。ステージの壁は鏡張りで背後からの姿も映し出されていた。

「……っ」

ステージから頭上に向けてまっすぐに伸びた鉄のポールは曇りなく磨かれ、未《いま》だかつて見たことのない自分の歪《ゆが》んだ顔が映っている。

ポールにはいくつも輪になった金具がついていて、それらは櫂の手枷《てかせ》の輪っかに繋《つな》がり、両手の自由が奪われていた。また、ポールの低い位置にある輪っかに両手首が繋がれているため、身体《からだ》は自然と前屈《まえかが》みになり、尻《しり》が突き出す形で立っている。

腰を曲げた状態だからか、Tバックの革が敏感な部分に食い込んで、軽く火傷《やけど》をしたあとのようなヒリヒリした痛みが伝わってきた。足枷《あしかせ》が床の輪っかに繋げられていないため、多少は自由が効いたが、ただ左右に開いて立つしかない。

額に浮かんだ汗は肌を伝うほどでもなく、薄く開いた唇から漏れる息だけがやけに荒く聞こえる。

櫂の傍らに立つ男は櫂の折り曲げた背に手の平を密着させ、もうずっとそうしていたように、尻の谷間に指を滑らせた。

男のプラチナブロンドの髪は頭上のライトによって輝き、明るい緑の瞳《ひとみ》には知性が浮かぶ。恐ろしく整った容貌《ようぼう》は、美を追究し精巧に作られた人形のようにも見えた。

「……く……うっ」

冷たかった男の手からじわりと体温らしき温《ぬく》もりが伝わると、彼も人間なのだと安堵《あんど》するよりも、知ってはならない秘密を暴いてしまったようなあと味の悪さを感じる。

男が向ける明るい緑色の瞳から放たれる視線には欲望など含まれず、かといって興味も伝わらない。ただ、解剖する魚でも観察しているような冷徹な視線が痛いほど感じられ、産毛が火で炙《あぶ》られたような熱さとむず痒《がゆ》さがある。

「……っく……う……」

「堪《こら》える声にも、もう少し色気が欲しいですね。だいたい犬が絞め殺されているような声に、誰《だれ》が金を払うと言うんです」

嘲笑《ちょうしょう》を交えた声とともに、痛みを伴うほど屹立《きつりつ》した櫂の雄が握られ、自らも予想しなかった情けない呻《うめ》き声が漏れた。羞恥《しゅうち》だけでなくプライドまで挫《くじ》かれたような気がして、櫂の顔は怒りで朱に染まる。

「ミハイル、よせ……！」

声を上げた櫂の後頭部を容赦なく摑《つか》んだミハイルは、肝の冷えるような声色で言った。

「一瞬でも羞恥を感じたら、その場で貴方《あなた》はただの見せ物になるんですよ。すべての客から視線で陵辱される。偉そうにほえていた者が、一分と保たず無様に逃げ出したという話は、数えきれないほどあるんです。もっとも、そういう臆病者《おくびょうもの》には違反金を支払ってもらいますが」

「俺《おれ》に……そんな金はない」

「そうでしたね」

クッと喉《のど》の奥で笑ったミハイルは一呼吸をおいて、言葉を続けた。

「いいですか、櫂。ステージに立ったら貴方がここを支配するのです」

「俺が支配するって……どういう意味だ？」

「貴方は見せ物ではないのです。ここに立つ者が、客達の視線や欲望……すべてを支配する。貴方のしなやかな肢体にどれほど誘われようと、決して触れることのできない運命を呪《のろ》うほど、この見事な身体を哀れな客達に見せつけてやれと私は言っているんですよ」


自分の裸体が見事かどうか櫂自身に関心はないものの、友達になりたいのではなく、明らかに欲望が伴った眼差《まなざ》しを向けられることはたびたびあった。

ただ櫂にとって、そういう視線が向けられることは不快でしかなく、無視することにしていた。

もともと一匹狼《いっぴきおおかみ》のところがあり、群れるのが嫌いな櫂は、活発な人間関係を持っていない。そのためか一般の友人と距離を取っているように誤解されるのか、不良グループからはよく声をかけられたが、それらもまとめて無視を決め込んだ。

櫂は根本的に真面目《まじめ》で、どれほど甘い誘惑を耳にしても、人に話せないような薬や詐欺といった犯罪がはびこる世界に足を踏み入れることなど考えたこともなかった。

なのに今は闇《やみ》カジノにある、くだらない余興のステージに立つ訓練を受けている。自らの裸を晒《さら》け出すことで金を稼ぐなど生理的に耐え難いことなのだが、受け入れるしかない事情があったのだ。

「……っう」

「客が貴方の痴態にたまらず射精した数だけボーナスが追加されますからね。せいぜい弄《もてあそ》んでやりなさい」

ミハイルの手はただ櫂の身体に触れ、肌を撫《な》で回しているだけだが、自分でも恐れを抱くほど欲情する。女とはそれなりに関係してきたが、男に性的な感情を抱いたことはない。ミハイルに対しても同様のはずが、彼の指は櫂の欲望を揺さぶり、触れる吐息は雄を勃起《ぼっき》させる。

「まだ分かっていないようですね。貴方が客を味わうのですよ」

ミハイルの低くよく通る声が櫂の首筋をかすめ、ますます射精感が高まった。

勃起した雄は、陰部をささやかに隠していた革のTバックから顔を出し、腹まで反り返っている。射精したいが、自らの手は拘束されていて雄を擦《こす》ることができない。僅《わず》かでも触れられたら射精できるのだが、ミハイルからも決定的な刺激は与えられなかった。

重みに堪え切れなくなった額の汗の珠《たま》が、肌を伝って床へと落ちる。痛みを伴うほど屹立した雄に、そんな汗の雫《しずく》すらきっと助けになったのだろうが、こういうときに限って思いどおりにならない。

「あ……あっ……く」

「もっとイイ声で鳴きなさい。そのくらいの演技はできるでしょう」

「……努力は……してる」

「ではもっと努力をしてもらわないと、いけません。稼ぎたいと言ったのは貴方だったはず。覚えていますね？」

「……ああ」

金のために裸になるなど、櫂にとって十九年生きてきた中で最大の屈辱だった。だからといって、羞恥を気遣えるほど現実は甘くなく、櫂にとってもっとも必要なのは金なのだ。

「手を使わずに、尻を振って射精しなさい。そのくらいできるはずですよ」

「は……は……っ……あ……」

言われたとおりに尻を前後に振ってみるものの、雄は空を掻《か》くばかりで、なんの刺激も感じられない。ただ空気の流れが触れるばかりで、苛々《いらいら》する。

もともと物怖じしない性格だ。裸を晒け出すことくらいなんでもないが、人前で自慰をすることに慣れない櫂は、勃起はしても射精ができないでいる。一番の問題は刺激が足りないことだ。

「刺激が……足りない。頼むから手を自由にしてくれ」

「手で自慰をして見せても面白くともなんともないのですよ。もっと頭を使うんですね」

「……は……っ……くっ！」

「喘《あえ》ぎはいいですが、腹を立ててはいけません。そうですね……手をもっと上に……ポールにしがみつくようにして、尻を振ってみなさい」

拘束されたまま手が上部に引き上げられ、身体がポールに添う。同時に勃起した雄が鉄のポールに触れ、ようやく得た外部からの刺激に身体がしなる。

櫂はポールに雄の側面を擦りつけるよう、腰を動かし快楽を得ることだけに集中した。

「……っ……あ……」

「ええ、悪くないですよ」

「はっ……はっ……あ……っあ」

冷たい鉄の感触が熱い雄に擦れて温まり、同じ温度まで上がってくる。先端から滲《にじ》む蜜《みつ》はポールに絡み滑りがよくなり、快楽を味わうことに専念した。

「いい顔で射精しなさい」

「……っ!」

敏感な雄の切っ先がポールに押し潰されるように擦れた瞬間、精液が迸《ほとばし》った。白濁した蜜は断続的に飛び散り、床を点々と濡《ぬ》らす。

内部に満ちていた精液は、最後の一滴までポールに擦りつけて絞り出す。最後には力を失って包皮に包まれた雄を見下ろし、息を整える。喉が沁《し》みるように痛み、自ら上げた声のせいだと気づくのに少しかかった。

「……」

ようやく目的を果たした櫂は、ポールに寄りかかったままミハイルの方を肩越しに振り向いた。決して視線を逸《そ》らさず、蜜にまみれた雄も晒け出したままで。

僅かでも身を引けば、支配者だけが持つ圧倒的なオーラを持つミハイルに飲み込まれてしまう。

穏やかな紳士に見えるミハイルだが、彼の纏《まと》う闇は恐ろしく暗く、危険なものを含んでいる。

そのくせ人を魅了してやまない美貌《びぼう》を備えているのだ。この世に悪魔がいるとすれば、きっとミハイルのような男に違いない。

確かに櫂は金のために自らの身体を晒け出すことを受け入れた。だがこの男の世界で生きる気はない。常に取り込まれないよう、櫂は警戒を怠るわけにはいかないのだ。

挑むような目を向けた櫂に、ミハイルは相変わらず腹の底が見えない微笑を浮かべていた。

「……俺は合格をもらえそうか？」

「ステージに立たせるには問題が多いようですが、まあいいでしょう。貴方は現場で学ぶタイプのようですからね」

「なら拘束を外してくれ」

「セルゲイ」

ステージの端にひっそり佇《たたず》んでいた男をミハイルは呼んだ。セルゲイはミハイルの片腕のようで、闇カジノの警備主任でもある。ミハイルの持つオーラはどこにいても気づくものだが、逆にセルゲイは側《そば》にいても気配が感じられない薄気味悪いところがあった。

名を呼ばれたセルゲイは、何もかも心得ているかのようにこちらへやってきて、櫂の手を拘束していたベルトを外した。

慣れない縛《いまし》めに手首にはうっすらと赤いラインができていたが、痛みはない。

耀は力を失った雄を狭い場所へと押し込むと、セルゲイが持っていたタオルを受け取り、額の汗を拭《ぬぐ》う。不意に気配が消えて周囲を窺《うかが》うと、ミハイルの姿はすでになく、不機嫌な顔をしたセルゲイのため息だけが聞こえた。

「耀、彼にはもっと敬意を払え」

「俺はあんたと違って、ミハイルの信棒者じゃない」

「そうじゃない。お前は彼の恐ろしさを知らないだけだ」

「理解してるつもりだ」

「耀」

「……」

細いフレームの向こうに見える、セルゲイの冷えた視線を受け止めたまま、耀は出方を待った。

彼はミハイルと同じロシア人のようだが、やはり日本語《にほんご》が流暢《りゅうちょう》だ。けれどセルゲイの持つオーラはまるで対極だった。

ミハイルは闇の中にあって神々しさを纏っているが、セルゲイには輝きはなく影の一部のような男だ。どこにいても景色や人混《ひとご》みに溶け込み、目立たない。いつもミハイルの側にひっそりと佇み、彼のためだけに働く。

聞いたことはないが、ミハイルのためなら命すら投げ出しそうだ。それだけの価値のある人間でもあるのだろう。

「……まあいい。どうしつけても、ド素人のお前をここで使うことを決めたのは彼だからな。私が異を唱えることなどできん」

「忠実なんだな」

「当然だ。ああ……これが今日の分だ」

セルゲイから渡された折り目一つない一万円札を目を細めて眺め、櫂は口の端を上げた。

「実質、何もしてないのにこんなにもらえるものなのか？」

「そいつをポケットに突っ込んだら、さっさと着替えて帰るんだな」

「ああ」

櫂は渡されたタオルで身体を拭いつつ更衣室に向かった。そこでシャワーを浴びてからシャツを羽織りジーンズを穿く。今日は平日で誰もいないため気は楽だ。

裏方で仕事をする人間が多いのか、ロッカーは櫂の背後にもあって、通路には長椅子《ながいす》が置かれている。しかも男子専用の更衣室なのに、等間隔に並ぶロッカーを抜けた突き当たりに、女性が化粧をするようなテーブルや鏡が壁に沿って作られていた。

「……化粧するような男がいるのか」

櫂はため息をつきつつ誰かが捨て忘れた空き缶を手に取り、煙草《たばこ》をくわえて火を付けた。流れる紫煙を眺めながら長椅子に仰向けに横になり、足を組む。

更衣室は禁煙だと聞かされていたが、誰もいない場所でそういうルールに従う櫂ではない。かといって反社会的な行為を率先することで日常のストレスを解消しているわけでもなかった。

煙草に関して言えるのは、漠然と感じる不安を少しでも和らげようとする自己防衛に近い。

「……あいつは……危険だ」

ミハイルとは出会った瞬間から、本能はこの男にはかかわらないほうがいいと警告をしているし、今も変わらず危険を知らせるセンサーは櫂の中で鳴り響いている。

にもかかわらず、かがり火に吸い寄せられて鱗粉《りんぷん》を花火のように散らす蛾《が》のように、強烈に吸い寄せられてしまうのだ。

炎に触れたら死しか待っていないことを理解できない蛾とは違い、危険を感じながらもミハイルに近づいた櫂のほうが、より深刻なのかもしれない。金のためだと割り切っていても、このままでは望まない世界にどっぷり浸《つ》かってしまうことになるだろう。

櫂は煙草を深く吸い込み、何千回もそうしてきたように肺の細胞を痛めつけて、煙を吐き出す。

できるだけ距離を取り、考えないようにしているのに、気がつくとこんなふうにミハイルのことを考えてしまう。

ミハイルの持つ圧倒的な存在感が頭に焼き付き、離れないのだろう。

櫂がミハイルに出会ったのは、二カ月ほど前のことだ。

父親の会社が莫大《ばくだい》な負債を抱えて倒産。その前から母親は入院していたが、末期に近い癌《がん》だと発覚し、高額な治療の甲斐《かい》なく今はただ死の訪れを待っていた。

問題は、会社の経営末期にはすでに金を貸してくれる銀行もなかったため、父親は闇金からかなりの金額を調達していたことが発覚したことだ。ヤクザの取り立てに常識などなく、父親に支払い能力がないと分かると、彼らの目は息子の櫂に向けられた。彼らは櫂が少しでも支払わないと入院している母親に、会社の倒産だけでなくろくでなしの父親のことをばらすと脅《おど》したのだ。

櫂は学費も借金に回すため大学を中退後、昼間は宅配のアルバイト、夜は工事現場で働いて借金を返す日々を送ることになった。

ある日、いつもは別の正社員が巡回するルートを櫂が代わりを務めることになった。

風邪などで休む正社員の代わりに櫂が配達することも珍しくなく、いつもどおり坦々《たんたん》と日常業務をこなしていた。

その日の最後の配送は銀座《ぎんざ》の画廊だった。通りは興味のない櫂でも分かるブランド店が立ち並ぶ界隈《かいわい》で、行き来する人間の数も多かった。にもかかわらず、画廊の店内は人もまばらで、店員らしき女性は奥のカウンターで書類を書いていた。

「ラビット急便です。サインかはんこをお願いします」

「少しお待ちくださいね」

女性店員はかかってきた電話を取り、櫂ははんこの必要な伝票をカウンターに置いたまま、ブラブラと近くを見て回った。

どの絵も櫂には理解ができない前衛的なものばかりだったが、入り口近くの柱にかけられた作品に目が止まった。

大きさはB４程度のものだ。取り立てて目を引くような絵ではなく、一面に広がる雑草がどこまでも続く単調なものだった。なのに、雑草の上に広がる青い空が櫂の心を強く捕らえたのだ。絵など興味のない櫂にとって、不思議な感覚だったのを覚えている。

「その絵が気に入りましたか？」

「……え？」

振り返ると、スーツ姿の外国人が背後に立っていた。

プラチナブランドの髪に、明るい緑の瞳。整った美貌は、畏怖《いふ》すら感じられる。

しかも太陽の光が似合うような健康的な美ではなく、魅入られるとやっかいな妖《あや》しい毒のようなものが含まれていた。

櫂の本能は、この男にはかかわるなと告げていた。

「不思議なことにこの絵の前で立ち止まる人間は、今の自分の生活に不満を持っていることが多いようです。貴方は何か不満でもあるのですか？」

外国人の客らしき男は流暢な日本語を口にした。

「……」

「たとえばどんな不満を貴方は持っているのか教えてください」

「……絵が欲しいならあんたが買えばいい」

「だからここに飾っているんですよ」

「……えっ？」

インテリによくいるうんちくを語りたい客かと思っていた櫂は、驚きで目を丸くした。男は形のいい唇の口角を上げて微笑する。

「オーナー。お電話です」

「待たせておきなさい」

「……こちらのオーナーとは知らず、ぶしつけな態度をお詫《わ》びします」

バイト先の上司に苦情を言われ解雇されるわけにはいかない櫂は、慌てて謝罪した。画廊を訪れた客ならよかったが、配達先の客とはトラブルを起こしたくない。

「なんです。急にしおらしくなりましたね。仕事用の仮面なら不要ですよ。どうせもう剝《は》がれています。違いますか？」

「……それを言われると困る」

「クビなど恐れるようなタイプには見えませんが」

「恐れはしない。だが、事情があってクビは困るんだ」

チラリと窺うと、奥のカウンターにいる女性店員はまだ電話をしている。内心舌打ちしていると、男は名刺を差し出した。

「……私はここのオーナーでもありますが、他《ほか》にもいろいろ肩書きを持っています。中には貴方を助けてやれるものも含まれているはずですよ」

「俺を誘ってるのなら無駄だ。その趣味はない」

「貴方のような野良犬を相手にしなければならないほど、私は困ってもいないし、落ちぶれてもいませんよ。単なる気まぐれの好意ですが、持っておきなさい」

「名刺なんて必要ない。野良犬に文字は読めないだろう」

耀が不遜《ふそん》な態度でそう言い、親指と人差し指で摘《つま》んだ名刺をミハイルに突き返したが、手首を摑まれる。すぐさま払おうとしたが、ミハイルの手はぴくりとも動かない。よほど強い力で摑まれているのだろうが、ミハイルはそんなことを感じさせない涼しげな表情で、耀を見下ろしている。

「放せ」

「もらった名刺をどうするのか、社会人なら学んでいるはずですね」

「……持ち帰った後、好きにする」

「いいでしょう」

ミハイルからようやく手を放された櫂は、戻ってきた女性店員から伝票にはんこをもらい、画廊をあとにした。

そのままミハイルのことなど忘れるつもりだったが、帰宅後、自分が画廊で眺めていた絵が届けられているのを知り、驚きより背筋に冷たいものが走ったのだ。

ミハイルと話をしたのはほんの数分。長くても十分程度だった。その間にミハイルは、櫂の名前をチェックし、住所を調べ、夜には届くよう絵を梱包《こんぽう》して送ったのだから、恐怖を感じるのも当然だろう。

もらう理由のない絵だ。返送するのが当然かと思われたが、そういった関わりすら持たない方がいいだろうと考え、絵は梱包し直して天井裏に放《ほう》り込み、金になりそうなものはすべて質屋に持って行く父親からも隠した。

質屋になどこの絵が持ち込まれたことが知られたらどういう報復が待っているのか――と、現実はどうであれ、普通に恐れを抱いてしまうほど、ミハイルは得体の知れない男に感じられたのだ。

ただでさえ父親の借金のことで日々振り回されている。これ以上、悩みを増やしたくなかった。

その後、保険外の治療をしている母親の医療費が莫大な金額になっていた上、工場や家を売り払ってもなお残った、父親の事業の失敗による借金の総額を櫂は知った。

父親の借金は闇金から借りたものも含まれていたため、夜逃げでもして踏み倒せばよかったのだろうが、入院している母親を残してはいけなかったのだ。

燿には宅配や深夜の工事現場のアルバイトより高収入を望める仕事が必要になった。

だが、まともに働いて高収入が望める仕事など、大学を中退した燿に探せるわけもなく、あてもない。ホストやエスコートサービスでバイトをすることも考えたが、どこの面接も失敗したため、その方面は諦《あきら》めた。

燿が大金を稼ぐ方法は、犯罪しか残されていなかったのだ。

追いつめられていた燿は、唯一それらしい仕事を紹介してくれそうなミハイルに連絡を取るしかなかった。

とはいえ、ミハイルやセルゲイの住む世界は、あまりにも暗い。余計なことを知れば、引きずり込まれかねないのだ。そんなリスクを背負うほど馬鹿《ばか》ではないつもりだから、長く働く気などない。


「まだいるのか？　帰れと言っただろう」

不意にセルゲイの声が頭上から落ちて来て、燿は現実に引き戻された。手に持っていた煙草がいつの間にか短くなっていて、灰が床に落ちている。

「あ……ああ。悪い」

「次に禁煙の場所で喫煙しているのを見つけたら、アルバイト料からペナルティを差し引くからな。

分かったな」

セルゲイは、忌々しげに眼鏡を正しながら、短くなって火の消えた煙草を櫂から取り上げた。

櫂は首の後ろを掻きながら身体を起こした。するとセルゲイにはとても似合わない薔薇《ばら》の花束を左手に持っていることに気づいたが、知らぬふりをする。

「分かった」

「ああ、この花だが、ミハイル様からお前にだ。次のバイトの前に、病院へ寄るんだろう?」

「必要ない」

手を出すことなく櫂は拒否しているのに、無理やり押しつけられたため、とりあえず花束を手に持ったが、すぐさまセルゲイの胸へ押しつけた。けれどセルゲイは迷惑そうに顔を左右に振る。

「いいから、持って行け」

「もらう理由がない」

「ここで出されたものは素直に受け取れ。いいな」

「……」

ミハイルの次にこのセルゲイも得体が知れない男だ。

彼がスーツの前を留めているのを、櫂は見たことがなかった。セルゲイがだらしないからではなく、また趣味で留めないわけでもないようだ。

警備員のアルバイトをしたときに聞いたのだが、服の乱れなどありえないタイプの男が、スーツの前を常に留めない場合、かなり高い確率で銃を持っていると言うのだ。

セルゲイはまさにそのタイプで、いつもスーツの前を留めず、ひっそりとミハイルの側に佇んでいる。ミハイルの危機に常に対応できるよう準備を怠らないのだ。

そんな男とこれ以上押し問答になるのは得策ではないと判断した櫂は、花束を受け取った。

「用がすんだら帰れ」

「ああ」

櫂は振り返ることなくそう言って、カジノを後にした。


カジノから出た櫂は病院へと足を向けた。いつも工事現場のアルバイトに入る前に、入院している母親を見舞う。

医者から告げられた余命の期限から一カ月ほど過ぎていたものの、まだ命を繋いでくれていた。

それでもふっくらしていた顔は以前とは比べものにならないほど痩《や》せこけ、手足も干からびたように細くなっていた。点滴や注射ばかりされるからか、腕には新旧含めた青痣《あおあざ》がいくつも浮き上がり、目にすると痛々しい。

この病院はすでに巨大な棺桶《かんおけ》と化していて、遠くない日に母親は逝《い》くだろう。日々、弱っていく母親を見るのは辛《つら》かったが、それでも櫂の唯一の支えだった。

「櫂、毎日来て大丈夫なの？　学校も大変なんでしょう？」

「俺のことは気にしなくていいよ。ああ、これ……」

結局、持ってきた薔薇の花束を母親に見せると、目に輝きを灯《とも》して、嬉《うれ》しそうに微笑した。櫂は花束を花瓶に移し、サイドテーブルに置く。

ミハイルがどういうつもりで花など用意してくれたのか分からないが、母親は確かに喜んでいる。

「とても綺麗《きれい》な薔薇だわ……ありがとう、櫂。でも本当に気にしなくていいのよ。お金は大事に使ってちょうだい」

「バイト先のオーナーがくれたんだ。母《かあ》さんに」

「そう……優しい方なのね。いいオーナーさんの所で働けて、櫂は幸運よ」

「……どうかな」

櫂の新たなアルバイトがどういうものなのか、知ればきっとショックを受けるに違いない。もちろん話はしないが。

「お父さんがちっとも顔を見せてくれないのよ。そんなに仕事が忙しいの？」

「ああ……不景気だからな。金策に駆け回ってるよ」

母親には会社が倒産し、自宅もすでに売り払われている事実を知らせていなかった。

もちろん、勤勉だった父親が今ではろくに働くこともせず、ギャンブルにはまっていることも、打ち明けていない。

先のない闘病生活を送る母親に、燿は残酷な事実を告げたくなかったのだ。

「そうだったわね。会社が大変なのにお母さんまで足を引っ張ってしまって……ごめんなさい」

「母さんは気にせずに病気を治すことに専念しないとな。金のことは心配しなくていい」

「……がんばって早く元気になるわね。お母さんもそろそろ家に帰りたいもの。男二人だから、家の中は洗濯物でいっぱいで、大変なことになっていそうだけど……」

母親は弱々しいながらも、笑顔を見せてくれている。

本当に時間が戻せたらどれほどいいだろう。せめて母親の癌が初期だと思われる頃《ころ》まで戻せたら、手術で助かっていたかもしれないのだ。

後悔したところでもとには戻らないことも重々分かっているのだが、母親の姿を見るたびに燿はそんなことを考えてしまう。

「……燿？」

「……え、何か言ったか？」

「とても疲れた顔をしているわ……アルバイトもほどほどになさい」

「俺の心配はしなくていい」

震える腕を伸ばし、頰《ほお》に触れた母親の手をそっとベッドへ戻して、タオルケットを整える。自分がどれほどの苦痛に襲われていても、母親はいつだって燿を気遣ってくれるのだ。

「櫂……お父《とう》さんは本当に大丈夫？　あの人、しっかりしているように見えて、落ち込みやすいから
お母さん心配なのよ」
「大丈夫だ。もう時間だからそろそろ帰るよ」
「……ねえ、櫂。お母さんの病気……本当に治るのかしら。なんだかこのまま家に帰れないような気
がして仕方ないの」
　母親の表情には、いいしれぬ不安が浮かんでいる。時間が経《た》つほど身体は痩せ細り、弱っていくの
だから、最悪のことも頭に過《よぎ》っているはずだ。
　母親が癌だと告げられた日に、父親が治る病気だと嘘《うそ》をついてしまった。当時は治ると父親も櫂も
信じていたのだが、会社は倒産。その上、期待をしていた新しい治療法も母親には合わず、結局無駄
になった。そのとき母親に事実を告げられたらよかったのだが、嘆《なげ》く母親を支えてくれる家族や親戚《しんせき》
はすでに消え、頼るべき繋がりが消え失《う》せていた。
　結局のところ、櫂は、嘘をつき通すしかなかったのだ。
「治らないのに金をかける余裕は家にはない。駄目ならさっさと家に連れ帰ってるだろ」
「そうね……気弱なことを言ってごめんなさい」
「また、来るよ」
　椅子から腰を上げた櫂に、母親は寂しげな目を向けてくる。
　できることなら住み慣れた家で最期を迎えさせてやりたかったが、母親が戻ることのできる家はも

ないのだ。だからといって狭くて汚いアパートに連れ帰り、今まで以上に絶望させるわけにもいかない。

何も知らずにいることが幸せな場合もあるのだ。

「櫂、オーナーさんに花束のお礼を言っておいてね」

「ああ、分かった」

名残惜しそうな顔をする母親に別れを告げた櫂は、いつものように工事現場に向かった。

ビルを解体している現場で、昼間、重機で壊した建物のうち、細かい廃材をトラックの荷台に積む作業だ。

単純労働はただ身体を動かすだけでいいため、意外と楽だった。しかも夜のアルバイトは入れ替わりも激しく、仲良くなろうと近づいてくる人間もほとんどないため、一人で作業に集中したい櫂にとってピッタリの職場で、給料もそこそこいい。

櫂は、午後六時から十時までそこで働き、ようやく帰路につく。

その頃にはくたくたになっていて、誰とも話したくなくなっているのだが、その日は帰宅するとアパートの大家が階段下で待ち構えていた。日中はすれ違うため、この時間になったのだろう。

「櫂ちゃん。遅くに悪いね。今月支払いを延ばすと三カ月滞納になるよ。少しでもいいから払ってもらわないとね」

「……いつもすみません」

「あんたのところも大変なのは分かってるんだけどねえ……」

「全額は無理ですけど、一カ月分。明日、持って行きます」

「本当だよ。じゃあ、明日ね」

毎回、明日と言いながら、たいてい数日から一週間、支払いが遅れる。さすがに三カ月滞納するとここから追い出されるため、少し現金を用意してあったのだ。

櫂は不安定な階段を上がり、部屋の前まで来ると、毎日のように張られている借金返済催促の紙を剝がしてから、中へと入った。

真っ先に金を隠しておいた調味料の缶をシンクの下から取り出し、中身を確認したが、昨日まで入っていたはずの金がすべてなくなっている。

「……またか」

よく部屋の前で待ち伏せしている借金取りに、持っている金をすべて奪われてしまうため、まとまった金は家の中に隠しておく。

ただそうすると、今度は櫂がアルバイトに出て家を留守にしている間に、父親が金を探し回って見つけ、すべてギャンブルにつぎ込んでしまうのだ。

父親の悪癖を分かっているからこそ盗《と》られない場所に隠す義務が櫂にもある。それでも借金を更に重ねる父親を、本気で鎖で繫いでおきたい気に駆られていると、苛立《いらだ》ちの元凶が帰って来た。

櫂は父親が靴を脱ぐ前に胸ぐらを摑んで、壁に押しつける。

「よくも平然と戻って来れたな。盗んだ金をどうした？　またギャンブルか？」

摑んだ手に力を込め、怯《おび》えた男の目を射貫くように睨《にら》み付ける。自分より力も強く、体つきもがっしりしていたはずの父親は、今では欋の眼下で弱々しく縮こまった。

「違うんだよ、欋。大家さんに払うつもりだったんだけど、電話があってね。持ち金が倍になるっていうんだ。ほら、父さんには借金あるだろ？　少しでもなんとかしたかったんだ」

「倍になったのか？」

「駄目だったよ。仕方ないよ、今日は運がなかったんだ」

この男が一瞬ですった金額は、欋が何日も汗水垂らして稼いだものなのだ。なのに、運がなかったで終わらせようとする父親に、殺意にも似た怒りがわく。

「親父《おやじ》、いい加減にしろ。働く気がないなら、家にこもってろ」

「……ハローワークには何度も行ったさ。でも……あいつらは、馬鹿なんだ。父さんがどれだけ仕事ができるのか分かってない。父さんみたいにできる人間がいるとみんな無能に見えるからな。だから雇いたくないんだよ」

一年前、すべてを失い多額の借金を背負った。更に母親が助からないことを知らされた父親は、打ちのめされて心を壊してしまった。以来、責任から逃れることばかり考え、ギャンブルで苦痛を一時的に癒《いや》そうとしている。

息子の欋が必死に働いていることを知っているにもかかわらず、いつだってこうだ。

「……もういい」

父親から手を放した櫂は、苛立ちを抑えるために前髪を何度も撫で上げ、キッチンへ向かった。こうやって離れないと、いつ父親に手をあげるか分からないほど、怒りが蓄積されているのだ。

「そうだ、櫂。夜逃げしよう。それがいい」

「病気の母さんを置いて行くつもりか？」

「母さんだって分かってくれるはずだ。どうせ治らないんだからな。櫂、母さんは死ぬんだよ」

「いい加減にしろ。まともに働くこともできないなら、自分の臓器を売ってでも金にしてくるんだな」

「櫂……」

「今度、金をギャンブルにつぎ込んだら、二度と家には上げない。いいな」

シンクの縁《へり》を掴んだまま唸《うな》るように言うと、父親が明らかに傷付いたような気配が感じられた。

情けない父親を見たくなくて、振り返らずに背を向けたままでいると、敷きっぱなしになっている布団に潜り込む音が聞こえてくる。

「……どうして櫂は父さんばかり責めるんだ。父さんだってがんばってきたんだぞ。なのにお前は口を開けば、父さんを責める。母さんはいつだって優しいのにな……息子のお前は最悪だ」

「ああ、そうだな」

「いや……父さんが悪いんだ……父さんが」

「もういいから、寝ろ」

櫂はカップに水を注いで一気に飲み干すと、キッチンに凭《もた》れて座り込んだ。

掃除など行き届かない部屋は、ちらほら白いホコリが積もっていて、父親が時折買ってくる競馬新聞や脱いだ靴下が転がっている。シンクには汚れのこびりついた皿が突っ込まれたままだ。

二畳のキッチンに、四畳の畳間と押し入れ。風呂《ふろ》はあっても両脚を折り曲げないと湯船に浸かれないほど狭いが、ないよりはましだろう。

父親は万年床になっている布団に潜り込んでいたが、悲しみのこもった視線を向けている。簡単に見捨てられたら楽になれるのだろうが、そうもいかない。

櫂はいつもそうしているようにキッチンの電気は消さず、テーブルの下にあるタオルケットを手に取ると、羽織って膝《ひざ》を抱えた。

もうずっとベッドや布団で寝たことがない。

この姿勢では眠りは浅いが、何かあったときにすぐ行動に移れる安心があるのだ。

取り立て屋は昼夜を問わず唐突にここを訪れる。だからこうした眠り方でないと櫂は安心できないのだ。

心を病んだ父親が、どこかで目を覚まして、以前のような真面目で勤勉な父親に戻ってくれるのではないかと、櫂は希望を捨てきれないでいる。

これでも一年前までは、小さいものの一戸建てに住んでいた。父親は真面目に働いていたし、母親は家事を取り仕切り、手の込んだ料理を作ってくれていた。

耀はその年齢にありがちな、家族という言葉に照れを感じ、食事を一緒に摂《と》ることなく、あてなく街を徘徊《はいかい》しては朝帰りという日を繰り返していた。あのときは、両親に反抗するのが恰好《かっこう》いいことだと信じていたからだ。

失ってから気づく、あれが幸せというものだった。

今では平凡な日常が欲しくてたまらない。たとえ自転車操業であっても、父親の小さな会社も潰れることなく続き、健康な母親がキッチンに立って料理を作る。

そんなささやかな日常が戻ってきてくれたら……。

「……耀……眠れないんだよ……耀」

目を開けると、布団に潜り込んだはずの父親が這《は》いだしていて、耀の足元に座り込んでいた。

「耀……父さんを許してくれ」

「……いいから横になれよ。いずれ眠れる」

耀は父親の腕を引っ張り、布団に横にさせると、タオルケットをかけた。悲しげに伏せられている父親の目には、かつてあった輝きはみられない。耀がもっとも忌み嫌う負け犬の目だ。

「なあ、耀。父さんを見捨てないでくれ」

「……」

耀は答えることなく、今度は押し入れの襖に凭れると、タオルケットにくるまる哀れな父親を見下ろした。

この男を殺したところで、気に留める人間などいないだろう。姿が見えなくなったところで、誰も心配しないし、捜さない。

櫂は、何度となく父親の息の根を止めてやろうかと、憎しみからではなく、憐《あわ》れみから真剣に考えたことがあった。

だが、ギリギリのところで、やめたのだ。

この崩壊間近な家族を誰も助けてはくれない。莫大な借金は、勤勉で働き者だったはずの父親をろくでなしに変え、存在したはずの親戚も僅かな友達も消してしまう。

人がどれほど冷酷で薄情になれるのか。櫂はこの短い間に嫌というほど学んだ。頼れるのは自分だけ。信じられるのも自分だけ。

今、家族を繋ぎ止められるのも——。

櫂は今度こそ目を閉じて、睡魔がやってくるのを待った。

ミハイルの経営している闇カジノが開かれるのは、土曜と日曜の夜だけで、平日の営業はない。

もちろん違法なため、看板は出ていないし、開催される場所も定期的に変わる。また、客はみなかなりの金持ちで、最低でも億を超える年収がなければ、会員のリストに名を連ねることはできないらしい。

　燿のステージデビューは土曜の夜に決まったものの、沢山の客の前で裸になるという実感があまりなかった。ただ坦々と昼と夜のアルバイトをこなし、日銭を稼いでは利子を返していた。

　気がつけば週末になっていて、そういえばデビューは明日だったと思い出したのは、午前中の配送を終えて集荷場に戻った頃だった。

　明日だったな……。

　燿は額の汗を拭いながら、事務所に入ろうとすると、社員の女性が声をかけてきた。向こうは高校が同じだったと言うのだが、燿は覚えがない。

「滝野《たきの》、班長の浜《はま》ちゃんが呼んでるわよ」

「……分かった」

　ここの班長とはそりが合わないわけではないが、かといっていい関係というほどでもない。事なかれ主義のせいか、何かあっても直接注意することはあまりないのだ。

「俺に何か用ですか?」

「滝野。お前、変なことに巻き込まれていないか?」

「変なこと?」

「……まあ、滝野燿はここで働いているのかとか、時給はいくらだとかな。もちろん答えはしなかったが、大丈夫なのかね」

支店長は額に浮かんだ汗を拭いながら、珍しく心配そうな顔を向けてくる。

本当は聞きたくなかったようだが、見知らぬ人間に問われたことが気になって、仕方なしにというところだろう。

「……ご迷惑かけてすみません」

「アルバイトはちょっとしたことで切られるご時世だ。気をつけたほうがいいぞ」

「はい」

支店長室を出た耀は、思わずため息をついていた。

耀のことを調べていたのは、間違いなく借金取りの一人だろう。

以前のアルバイト先にも似たような電話があり、店にまで取り立てに来るようになったため、辞めたのだ。ここも同じようなことにならなければいいのだが、最悪の事態も予想して、次を考えておいた方がいいのかもしれない。

「なんだったの？」

「別に」

「滝野、午後から休みでしょ？　私もなの。よかったら……その……これから、ランチを一緒に行かない？」

社員の女性はにこやかに笑っているが、耀がどれほどの借金を抱えているのか知れば、その場で赤の他人になるに違いない。

「遠慮する」

「私のおごり」

「遠慮すると言ったはずだ」

「……ねえ、滝野って、付き合い悪いとか言われない？　そんなんじゃ、肝心なときに誰も助けてくれないわよ」

「それで結構」

午後から休みにしていたため、櫂は帰るためにタイムカードを押した。櫂の背後で女性がムッとしていることに気づいていたが、気遣うつもりはない。

「私はただ……友達になりたいと思ってるだけよ。ほら、滝野はいつも一人でいるでしょう？　もっとみんなと仲良くなれるよう、私が協力してあげる」

「俺には必要ない」

「滝野って本当に……性格悪いわね」

社員の女性は、櫂のあからさまな拒否に対し、腹を立てて離れて行った。

あの女性に下心や悪気がなかったとしても、自分の置かれた立場を理解しているからこそ、櫂は誰であろうと馴《な》れ合《あ》う気はないのだ。

櫂は集荷場から出ると、自分のバイクを停《と》めている駐車場へ向かおうとした。

「櫂」

ここで聞くことなどありえない相手の声に、驚きつつも櫂は顔を上げた。すると集荷場の脇《わき》にある来客用の駐車場に、黒のリムジンが止まっていて、ミハイルが立っているのが見えた。

この暑い中、黒のスーツに黒のシャツ、濃い臙脂《えんじ》のネクタイを締めている。一見、暑苦しく思えるのだが、ミハイルの周囲はいつも冷涼な空気が漂っていて、夏の暑さとは無縁だ。

彼は櫂と視線が合うと、うっすらと笑った。

トラックが出払い閑散とした駐車場なのに、ミハイルがそこにいるだけで、華やかな空間に変わる。無視してもよかったが、花束の礼もまだ伝えていなかったため、櫂は渋々、ミハイルの許へと向かった。

「この間の花束……母さんが喜んでいた。礼を言う」

「母上に喜んでいただけて何よりです」

「それだけだ」

ミハイルに背を向けようとしたが、肩を摑まれ引き戻された。

「今日は昼から暇なはずですよ。乗りなさい」

ミハイルはリムジンの後部座席を開けて、中へ入るよう促してくる。けれど櫂は、仕事以外で関わりを持ちたくなかった。

「自分のバイクがあるから必要ない」

「帰りはここへ送ってあげます」

「……」

一定以上近づかない櫂に、ミハイルのほうは距離を縮めてくる。思わず後じさった櫂に、ミハイルは眉間《みけん》に皺《しわ》を寄せた。

「何を警戒しているんです？」

「……気のせいだ」

「では、ぐずぐずしないで、乗りなさい」

半ば強引にリムジンへ押し込まれてしまうと、櫂はミハイルの隣に座らされた。

車中はクーラーが効いていて涼しいのだが、こういう空間で一緒にされると、相手が誰であろうと息苦しく感じる。

セルゲイもコの字型になっているソファの運転手側に座っているものの、修行をしている僧のように、無表情だ。

「……それで、何の用だ」

「仕事で近くに来たついでに昼食を誘いにきただけですよ」

「あんたが飯を食う姿なんて想像つかないな」

「まるで私が人間ではないような言い方ですね。……まあいいでしょう。リクエストがあれば聞いてあげますよ」

「腹が膨れたらそれでいい」

シートに深く座ってくつろごうとした櫂は、ミハイルがジロジロとこちらを眺めていることに気づいた。その視線には不快さが滲み出ている。

「何を見てる?」

「……食事の前に貴方の姿をなんとかしないといけませんね」

「俺の姿がどうしたんだ」

「見かねるほど……汚らしい。そんな姿でカジノへ来られると困りますよ」

確かに洗濯機が壊れているため、シャツは石けんで洗って干したものだし、ジーンズはいつ洗ったのか思い出せないほどだ。

もちろんミハイルが好むような、ブランドものなど一枚も持っていない。

「生活に余裕がないからな」

「センスのいい服を選んであげますよ」

ミハイルは機嫌よさそうに微笑しているが、こんなふうにものを買い与えようとする相手は、必ず目的がある。赤の他人との間に、無償の愛など存在しないからだ。

「あんた……何が目的だ?」

「質問の意味が分からないのですが」

「旨《うま》い餌《えさ》をやって綺麗な服を着せても所詮《しょせん》俺は野良犬だ。噛《か》みつくことはあっても、媚《こ》びたり懐いたりはしない」

耀が冷えた眼差しを向けてそう言うと、ミハイルは余裕の笑みで見返してくる。彼の緑の瞳は神秘的な輝きを灯していて、形のいい唇は艶《つや》やかだ。

俺は何を見とれているんだ……。

こんなふうに、彼の持つ圧倒的な存在感に吸い寄せられそうになっていることに気づかされると、驚きとともに恐怖を感じる。

が、すぐさま心の中へ押し込め、平静を保つようにしていた。

「まだ私を警戒しているようですね。それとも誰に対してもそうなのですか？」

「……」

「近づく者は誰であろうと警戒し、決して心を許さない。貴方の自制心は必要以上に強固で、素直さまでも奪われています。今の境遇のせいだから仕方ないのは分かりますが、人の好意をありのまま受け取っていいときもあるんですよ」

「……相手が一般人ならな」

「私はただの画廊のオーナーですよ」

闇カジノも経営しているミハイルだ。それこそ画廊のオーナーの肩書きが表の顔で、実際は裏の世界で相当な地位を持った男のはず。

そう確信できるほど、ミハイルの纏う闇は濃く危険だ。

どれほど紳士的な男を演じても、ミハイルは一般人とはほど遠いところにいる。これほどまでに怖いと感じる人間に櫂は出会ったことがない。

どれほど親しげに話しかけてきても、それに乗ってミハイルと会話を続けたら、酷《ひど》い目に遭う。

「そうだったな」

決して深追いしない櫂の答えに、ミハイルは感心したような顔をしつつも、瞳には冷酷な光が灯っている。恐ろしいと感じつつも、吸い込まれそうになるミハイルの目力から逃れるため、櫂は視線を逸らした。

「……なるほど。野良犬は危険を察知する能力に長《た》けているようですね。なら、どうして私の申し出を受けたのです？」

「金のためだ」

母親の命がある限りは、櫂は金を工面し続けなければならないのだ。

父親などどうでもいい。母親が亡くなったら、櫂はどこか遠くへ行くつもりでいた。

そのときがくれば、借金などすべて踏み倒し、病んだ父親も捨てる。櫂が捨てたらおそらく父親は生きてはいけないだろう。

もっとも、働きもせず、ギャンブルにのめり込み、あろうことか自分の妻も見舞えない父親など、どこかで野垂れ死んでくれたほうが、ありがたい。

そう自分に言い聞かせて今の立場を納得させようとしているが、きっと櫂は父親を見捨てることはできないだろう。

「正直でいい答えです。悪くありません」

「ところで、本気で俺に服を買うつもりなのか？」

「自分の立場を理解しているのでしたら、分かるはずですよ。雇い主の気まぐれには付き合うしかないと」

金持ちに貧乏人の理屈など通じることはないのだろう。ここまできたら、やりたいようにさせておくのが一番なのだ。

何を言おうと聞く耳を持たないミハイルに、櫂は内心諦めに似たため息をついた。


櫂はミハイルの画廊の近くにあるブランドショップへ連れて行かれた。

店内には、いかにも金持ちが好みそうな一点物ばかり並べられ、店員も上品な顔立ちの背筋が伸びた者ばかりだ。

高級感溢《あふ》れる雰囲気に慣れない櫂は居心地が悪かった。もともとブランドに興味がなく、たとえ金があってもこういう店には足を踏み入れなかっただろう。

「いらっしゃいませ、シェフチェンコさま。本日はどのようなお召し物をご用意させていただきましょうか」

初老の男性がいち早くやって来てそう言うと、ミハイルに感じのいい笑みを浮かべた。

スーツ姿の初老の男性は他の店員と違って胸に名札のプレートをつけていない。ここの責任者なのだろう。

「彼に合う服を上から下までひとそろい用意してもらいたい」

「かしこまりました。では、こちらの方に最適な店員を呼びましょう」

しばらくすると二十五、六の若い男性がやって来て、櫂のサイズを手際よく測ると、シャツからジーンズ、ジャケットにスラックス、果ては靴下まで選び、奥のテーブルの上に並べていく。

それを尻目《しりめ》に櫂は店内を見回していた。夏に突入したばかりなのに秋冬物が多く、重そうなジャケットやコートまであって、暑苦しい。

「櫂、気に入ったものはありましたか?」

「……」

「そのレザーのジャケットは……とても貴方に似合うと思うのですが……さあ、着てみなさい」

「あんたの好意は感謝してるが、本当にこういうのはやめてくれ」

断っているのに、店員によって無理やり羽織らされたレザーのジャケットは、思いの外柔らかくて軽かった。

「よく似合っていますよ。そのジャケットは購入しましょう」

ミハイルは上機嫌だが、櫂はジャケットを脱いでいる最中に値札が見え、目が飛び出そうになった。

羊か牛か知らないが、動物の革に二十万も払う人間がいるのだろうか。

いや、目の前にいる。

こんな高価なものを買ってもらうと、あとで何を要求されるのか、分かったものではない。

「ミハイル」

「いいですから、次を選びなさい」

「……っ」

店から逃げようと入り口に視線を向けたが、まるで先を見越したようにセルゲイが憮然《ぶぜん》とした表情で立っている。

もし櫂が無理にでも店から出ようとすれば、セルゲイに摑まって引きずり戻されるのだろう。

「では、私が選んであげますよ。その青いシャツと、ボーダーのシャツ。黒と茶色のスラックスに、銀と赤のベルト……」

「ミハイル……俺は……」

櫂が戸惑っている間に、ミハイルは買い物を進めていく。本人は楽しんでいるようだが、櫂は気が気ではない。

「この五足、靴のデザインは気に入りました。サイズが合うものをいただきます」

「かしこまりました」

「櫂、靴下くらい自分で選んではどうです?」

「……」

ジャケットやシャツを着せられては脱がされ、ソファに座って知らぬ顔をしようとすると、靴のサイズを合わせるかのように、履かされる。そんな店員から逃げるように、テーブルの周囲を歩き回っていると、ミハイルに腕を摑まれ無理やり引き寄せられた。

「ここまで来て、私に恥をかかせるつもりですか？」

「……」

「貴方に代償として何かを求めることはありませんよ。安心しなさい」

「……分かった」

ミハイルが買いたいというのなら、買わせておけばいいのだ。買ったものを持たされても、あの狭いアパートに置ける場所などない。

どうせ借金を取り立てにやってきたチンピラに、奪われるだけだ。そういう現実をミハイルのことだから予想しているはずだが、今のところ購買意欲は落ちていないようだった。

「いい加減にしてくれ。狭いアパートのどこに置くんだ」

「……そうですね。冬物はまた改めて買えばいいのですから、とりあえずこのくらいにしておきましょう」

「では、お包みしますのでしばらくお待ちください」

店員はミハイルに深々と一礼すると、他の店員を呼んでテーブルに広げたシャツやジャケットを、カウンターの方へ移動させると、丁寧に包装をはじめていた。

「これで少しは小綺麗になるでしょう」

隣に座るミハイルは、櫂の姿を眺め下ろして、微笑した。

これでも櫂は、自分が小汚いという自覚はない。夏は特に気を遣って、毎日着替えるようにしていたのだ。

そんな不満が表情に浮かんでいたのか、ミハイルは続けて言った。

「カジノの客はみな貴方が想像する以上に、身なりにうるさいのですよ」

「今のような恰好だと、俺はクビか？」

「いいえ。それはありません」

「なら、いい」

「貴方は本当に……まあいいでしょう」

ミハイルは苦笑しているが、腹を立てたり気分を害している様子はなかった。

櫂との会話を楽しんでいるようにも思える。

「もういいな？　俺は帰らせてもらう」

「待ちなさい。そろそろ腹を空《す》かせているでしょうから、ランチに向かいましょう。フランス料理でも、日本料理でもなんでもいいですが……ステーキもいいですね」

「肉……か。国産肉ならいい」

「そこにはこだわるのですね」

ミハイルは笑うが、安く自炊をするために、国産肉など滅多に買えない。

これは母親の影響が強いようで、糴は肉に関しては国産しか食べないこだわりがある。輸入肉はどうしても駄目なのだ。

それでも糴は肉が好きだ。ステーキだけではなく、すき焼きや焼き肉も大好物だった。

服を与えられることには抵抗があったが、肉は別だった。それこそおごってもらうことでしか食べられない高級な肉は今の糴にとって貴重だ。

「貴方があの絵以外に興味を示したのは初めてですね。では、ランチはステーキにしましょう。A5の素晴らしい肉を出してくれる店があるのですが……。そこで出されるステーキはサシが芸術的なのですよ」

「いや、やはり俺は……」

ミハイルと過ごす時間を増やしたくないと考えていたのに、肉の誘惑に思わず負けてしまった自分を叱咤《しった》するも、後悔は遅かった。

「……もう予約を終えました。さあ、行きましょうか」

荷物はすでにリムジンのトランクへと運ばれたようで、店員の誰も、紙袋を持ってはいなかった。

まあ、いい――。

糴にとって買った商品の行方など、もうどうでもよかった。

燿は何を着せてもよく似合った。

黒髪に同じ色の瞳。細身でスラリと背が高く、手足も長い。まるでしなやかな体躯《たいく》を持つ黒豹《ひょう》のようだ。そこにいるだけで、ビロードのような毛皮の感触を確かめたくなる。

また、燿の野性味のある大人びた顔立ちは、なかなか芸術的で人の目を引く。昔から群れることが嫌いなようで、深く関わった友人はいない。そのくせ彼の特別な雰囲気に人が集まっていたようだ。

一番、気に入っているのは、燿のあの瞳だ。一見、クールだが、どんなことにも負けない意志の強さが灯った漆黒の瞳。ダイヤモンドのように硬い意志を備えた、東洋の美しき宝石だ。

ミハイルは試着させた服や靴などひとそろい買ってやった。なのに燿は、終始無関心な顔をしていて、一度も嬉しそうな顔はしなかった。

だが、昼食にステーキを用意してやると、肉には夢中になっていたようだ。

腹を空かせた野良犬には、綺麗な服より旨い飯で興味を引くしかないのだろう。

結局、燿はステーキを二キロもぺろりと平らげた。

土産《みやげ》にローストビーフを用意して持たせてやると、少しばかり嬉しそうな顔をしてみせたが、それも一瞬だった。

いつも我慢せずな顔をしているが、あれで笑顔を浮かべたら、きっと愛らしいに違いない。

次は、何かまた旨いものを用意してやれば、もう少し懐いてくれるかもしれないが、期待通りにいくかどうか未知数だ。

ミハイルが、カジノの事務所で書類に目を通してサインをしつつ、燿のことを思い出しては微笑しているところにセルゲイがやってきた。

「ミハイル様、イオの店から連絡がありまして……」

「なんだ?」

「……燿の父親が……」

言い淀《よど》むセルゲイに、ミハイルは手から書類を放し、顔を上げる。

「父親がどうした?」

「先日、購入した服をすべて返却して、代金を全額持ち帰ったそうです」

「やられたな。まあ……よほど金に困っているようだ」

もうすぐやってくるであろう季節に最適な、レザーのジャケットも買ってやったのだが、それも現金化されてしまったのだろうと思うと、残念でならない。

あれは燿のためにデザインされたように、よく似合っていたからだ。

「燿は本日やってくるはずですが、父親から返金させるよう、伝えますか?」

「構わん。好きにさせておけ。ああ、返品されたものは再度私が引き取ると、連絡しておいてくれ」

ミハイルにとって櫂に残された肉親が最後の邪魔者なのだ。すでに死が約束されている母親は無視するとして、父親が問題だった。

だからこそ最低の父親であってもらわなくてはならない。

櫂は父親を今のところ見捨てていないが、どこまであの父親を許してやれるのか、ミハイルはじっと観察している。それもまた楽しみだといってもいい。

「分かりました」

セルゲイは何か言いたそうな表情を浮かべたが、すぐさまいつもどおりに戻る。だがミハイルは見逃さなかった。

「気に入らないか、セルゲイ」

「いえ……ただ、ああいうタイプを手元に置かれるのは、珍しいと思いまして」

「お前は櫂に興味がわかないか？」

「ええ。野良犬は礼儀を知りませんし、飼い犬と違って忠実ではありません」

「あれももとは飼い犬だ。いや、狼の気質を持つ飼い犬だな。だから野良犬にはなれまい」

「どうでしょうか」

珍しくセルゲイはミハイルの意見に批判的だ。

今までになく、誰かに肩入れしているミハイルを心配してのことだろう。ミハイルにしても、確かに櫂は特別な存在だと感じている。

画廊に荷物を届けに来た櫂は、あこがれにも似た表情で一枚の絵に見入っていた。羨望《せんぼう》と同時に落胆が瞳には浮かんでいて、その横顔があまりにも印象的で、ミハイルはいつしか声をかけていたのだ。

「櫂の調査はお前に任せていたから分かっているだろうが、あれの置かれている家庭環境は最悪だ。本来なら危ないアルバイトに手を染めていてもおかしくない。だが未だに櫂はまともなアルバイトをしながら、不幸の元凶である父親の面倒をみて、紋め殺していないぞ。私ならとうの昔に始末しているがな」

「……確かにそうですが」

「どれほど劣悪な環境にあっても、櫂はあくまでもとの世界に戻ろうともがいている。楽に稼げる方法は山ほどあるのに……だ」

「まさか、あの程度の生い立ちに同情されているのですか？」

「いや、私にそんな感情などないことは、お前が一番分かっているだろう」

櫂の生い立ちに同情するわけなどない。

きっと櫂より平穏な人生を送る者もいるだろう。逆に、より過酷な人生を歩む者もいる。どれほど、他人の人生を羨《うらや》ましく思うことがあっても、彼らの人生を自分が歩むことはできない。

だからこそ、他人と比べることは無意味だ。自分は自分の人生を歩むだけ。

そういう信念を持っていると、他人の人生を羨ましく思うことや、同情することもないのだ。

「ええ」

「櫂には負け犬が持つ弱さがない。今を耐え、じっと機会を狙《ねら》っている。冷えた瞳の奥には熱を灯していて、私を惹《ひ》きつけてやまない」

櫂が自分を強烈に惹きつけていることは、出会ったときから気づいていた。

顔には出さないが、闇に堕《お》ちないよう必死にもがいている。そんな櫂の姿を見ていると、自分の中にはない何かが彼にはあるような気がするのだ。

「ミハイル様……」

「……あとどれくらい引っ張ってやれば、櫂はこちら側へ落ちてくるのだろうな。私の立つ場所こそ自分にふさわしい居場所だと自覚したとき、その事実をどう受け止めるのか。いや、もしかすると最後までギリギリの場所で踏みとどまるのか。……賭《か》けてみるか、セルゲイ」

もしかすると櫂は父親を殺すかもしれない。永遠と苦しむ母親を見かねて、どうにかしてモルヒネをほんのすこし多めに投与しようと考えるかもしれない。

そうなれば櫂はこちら側の人間になるだろうが、果たしてそうなるのだろうか。

「いえ、私は。……ミハイル様はどちらだと思われます？」

「どちらでも構わない」

「櫂がまともにステージに立てると思われるのですか？」

「ステージで裸になることの本当の意味を知ったとき、櫂はどんな顔をするのか……しばらく楽しめるはずだ」

確かに櫂をステージに上げるため、触れることや縛ることに対する免疫はつけた。けれど、ステージでさらにどういうことがなされるのか、櫂は知らない。

何も知らない男を調教する姿を見せられるのは、一度だけ。客達は初心《うぶ》なスレイブに魅入られ、歓喜するだろうからだ。

「……ああ、分かった」

耳につけているインカムを押さえ、セルゲイは眉間に皺を寄せた。眼鏡の向こうに見える目は、迷惑そうに細められている。

「どうした？」

「フロアから連絡です。櫂が問題を起こしたようですので、行ってまいります」

「櫂の出番はまだのはずだが」

「ええ。ステージではなく、控え室で何かあったようです」

「私も行こう」

すんなりここに馴染《なじ》むとは思われなかったが、クビにされたくない櫂が何か問題を起こすとも考えられなかった。

よほど腹の立つことがあったか。感情を抑え込むことに長けた男が感情的になったのなら、その理由には興味がわく。

控え室に入ると、ステージに立つ他のスレイブ達やボーイも含めて、櫂を取り囲むように集まっていた。だが、ミハイルがやってきたことを知ると、みな一歩ずつ下がり、櫂のもとまで通路が開く。

櫂はこちらへチラリと視線を流したが、すぐさま喧嘩《けんか》相手の方へ向き直る。相手はスレイブの中でも一番人気の『亜樹《あき》』だ。

二人ともレザーパンツ一枚の姿で向き合っているが、亜樹は困惑しているようだった。

「櫂、この騒ぎは何事です」

「……手を払っただけだ」

「亜樹」

「僕は……新しく入った彼がリラックスできるようにって、ほんの少し触れただけだよ。なのに手首が赤くなるほど摑まれたんだ。過剰反応しているのはそっちじゃないか」

「尻を撫で回す口実だとすると、たいしたものだな」

櫂が笑いもせずに冷ややかに口にした言葉に、亜樹がカチンと来たのか、彼に飛びかかろうとした。そんな亜樹をミハイルが摑み、引き離す。

ここは女や少年のように見える男が、レザーのTバック姿で多数うろついている控え室だ。日常では決してあり得ない場所というだけでなく、新人らしき櫂にみなが声をかけるため、あからさまに不快な顔で無視を決め込んだのだろう。そんな櫂を亜樹がからかったに違いない。

特に櫂は、自覚がないようだが、目立つ容姿と素晴らしい身体を持っている。

ステージに立つスレイブ達は、完璧《かんぺき》な肉体を持つ櫂に、羨望の眼差しを向けているのだ。そして誰もが櫂にとって特別な相手になりたいと考えてしまう。もっとも群れるのを嫌う櫂からすると、向けられる視線はどのようなものであっても、不快でしかないだろうが。

「いけませんね、そういう態度は」

「僕は彼に馬鹿にされたんですよっ！」

「櫂のことは無視していなさい。貴方は得意なはずですよ」

ミハイルが睨み付けながら言うと、亜樹はようやく怯えた目で肩を竦《すく》めた。

櫂に手を出した亜樹に怒りが過ったものの、櫂が初日ということでこの場は寛大になってやるしかないのだろう。

「今日のところは不問としますが、ステージでは許しません。二人とも分かりましたか？」

「……はい。すみません」

亜樹はすぐさま謝罪を口にしたが、櫂は知らぬ顔を決め込み、無視している。

「櫂、貴方もです。理解したのかと聞いているんですよ」

顎《あご》を摑んでこちらを向かせると、櫂はしばらくミハイルの視線を受け止めていたが、諦めたように目を伏せた。

「……ああ」

「櫂。ここで問題を起こせば、その都度、ペナルティとして給料から差し引きます。貴方が一番、嫌なことだと思いますが」

「注意は一度でいい」

やんわりとミハイルの手を払い、櫂は長椅子に腰を下ろした。亜樹はそんな櫂に唇を尖《とが》らせる。

「結構。亜樹、ここから放り出されたくなければ、櫂のことは放っておきなさい。いいですね」

亜樹は不満そうな顔で離れていったが、逆にこれで櫂に近づく物好きはなくなったはず。ミハイルにとっては好都合だったかもしれない。

他のスレイブが隠れて誰と何をしようと構わないが、櫂に関しては許す気はなかったのだ。もっとも櫂の様子を見る限り、そういう心配をする必要はなさそうだが。

「楽しみにしていますよ、櫂」

長椅子に座って面白くなさそうにしている櫂の肩を叩《たた》き、ミハイルは控え室を出た。けれど、ずっと傍らで沈黙を守っていたセルゲイが、通路に出たところで口を開いた。

「あれでは他の者に示しがつきません」

「構わん。私がここの法だ。従えない人間がいるなら、放り出せばいい」

「……それは分かっておりますが」

「櫂のような異質な存在が交ざればどうなるのか、それを考えるのも楽しいだろう?」

綺麗なだけのスレイブはただの人形でドミネイトのいいなりでしかない。そんなスレイブ達とは違い、櫂は異質だ。

彼は孤高の狼のような存在だ。群れることを嫌い、誰にも服従せず、我が道を行く。けれど家族に対する愛情や責任感も強く、死が確定している母親も、ギャンブルすることでしか自我を保てない父親も、決して見捨てることはない。

そんな心の強さを持つからこそ、櫂は沈黙していても他の誰よりも目立ち、人を惹きつけるのだ。

櫂ならステージの上で客達の視線を独占する、素晴らしいスレイブになるだろう。

「悪趣味ですよ」

「そうか？　私は綺麗で価値のあるものを見定める目はあるつもりだが」

「あれが綺麗で価値のあるものとは到底思えません」

「今に分かる」

櫂の、しなやかな筋肉を持つ芸術的な肉体に内包された魂がどれほど純粋で綺麗なものか、セルゲイには理解できないのだろう。

今まで誰も気づかなかった美しい肉体と魂が、ステージの上で汚される。魂は朽ち果てるのか、それでも輝き続けるのか。

想像するだけで、快楽にも似た心地よさを感じたミハイルは、冷えた美貌に自然と微笑が浮かんだ。

客が取り囲む中、ステージに立った櫂は、内心では驚いていた。

客席は薄暗いのだが、目を凝らすと彼らの姿が見える。

客といえど半ば裸の男を眺めるのだから、もっと下品な姿を想像していたのだが、椅子に座る男達はみな身なりがよく、街頭の募金箱に金を入れる紳士にしか見えなかった。

彼らは煙草を、あるいはワインを注いだグラスを片手に持ち、うっすらと笑っている。中には美女を傍らに伴う者や、女に見まがう男性を連れていた。

ステージで何をされるのか、櫂はミハイルから教えられていた。支配者（ドミネイト）と奴隷（スレイブ）に分かれ、スレイブはステージで調教される。多少、ＳＭの要素はあると聞いていたし、鞭《むち》で打たれることも覚悟していた。

けれど、櫂はポールに繋がれたまま、レザーの下着を膝まで下ろされた上、尻にローションを垂らされた。雄を扱《しご》かれるくらいなら我慢したが、あろうことか後孔に大人の玩具《おもちゃ》をねじ込まれそうになり、櫂は切れた。

身体を覆う羞恥と怒りで一瞬我を失った櫂は、自由な足でドミネイト役の男を蹴《け》り飛ばしていた。

「……うわっ！」

ざわつく客達などどうでもよく、櫂は沸騰した怒りを抑え込み、ステージに尻餅《しりもち》をついたドミネイトを肩越しに振り返りながら、告げた。

「俺を……解放しろ」

「今更何を言ってるんだ。ここで見せるってことは、こういうことだぞ」

「ミハイルからは聞いていない。いいから、ベルトを外せ」

櫂が乱れた呼吸を整えていると、今までざわついていた周囲が、水を打ったような静けさに包まれた。思わず周囲を見渡すと、客席の一番後ろからミハイルがこちらへ向かってくるのが見えた。

片手には乗馬鞭を携え、冷えた眼差しは部屋の温度を一気に下げる。客達はステージではなく、美貌のオーナーに目を奪われ、みな口々に「閣下がお出ましだ」と、囁《ささや》く。

何が閣下だと半ば呆《あき》れた櫂だったが、ステージに上がったミハイルは、その場にいる誰よりも美しく、冷酷な目をしていた。

「失礼いたしました。本日のスレイブはまだ素人《バニラ》。本日、初めてステージに立ちますので、まだしつけがなっておりません」

ミハイルはよく通る声で客達に櫂の非礼を詫び、手に持っていた鞭を櫂の背に振り下ろす。背から鋭い痛みが走ったが、櫂は非難の声を上げる間もなく、ミハイルによって後頭部を掴まれた。

「……っ！」

「もっとも、本日お越しくださったお客様は、大変幸運です。このスレイブが誰よりも初々しく、演技ではない淫《みだ》らな姿を披露することを、私がお約束できるからです」

声を上げようとするたびに、ミハイルによって後頭部を引っ張られ、口が開きっぱなしにされて、言葉が出ない。

「彼の足を繋げなさい」

ミハイルは、櫂が蹴ったドミネイトに指示を出す。すると櫂は客席に尻が向くようポールに繋がれたまま回転させられた。そこで両足を開かされると、床に飛び出している輪っかに足枷を繋がれる。まるで後ろから犯してくれといわんばかりの恰好をさせられた櫂は、繋げられている鎖を必死に解《ほど》こうとしたが、無駄だった。

「……っく……」

櫂が声を上げようとすると、今度は口枷《くちかせ》をつけられ、あらゆる動きを封じられた。

「このスレイブは細身ですが、肉体の美しさはどのスレイブよりも抜きん出ております。滑らかでほどよい弾力があり、若さに溢れております」

ミハイルは櫂の尻や背を乗馬鞭で撫で回し、更に続ける。

「私は……この手触りを味わうことができない皆様に、心から同情いたしますね」

「……っう……う……」

「スレイブにとって今日は何もかもが初めてなのです。ここを開くことも……」

乗馬鞭の柄《つか》の部分が、尻の谷間に押しつけられて、固く閉ざされている蕾《つぼみ》を押し広げた。鞭の柄は弾力性に富み、丸みを帯びた先端がローションの助けを借りて、中へ入ってこようとする。

皮膚が引き攣《つ》るような痛みが伝わり、初めてのことに未だかつてない動揺が、自分を常に制御している精神力を揺るがせた。

「……っく……う……！」

「この、まだ硬い花弁をいかに開かせるか……大変、難しい問題です。さあ、皆様に見えるよう、尻をもっと上げなさい」

　鞭がまた尻に下ろされ、折れ曲がりそうになった膝にも、同じように鞭が放たれる。そのたびに甲高い音が響き渡り、客達の表情に歪んだ笑みが浮かぶ。

「……くっ……」

「おや……やはりずいぶんと硬い」

　一度は去った鞭の柄が、また蕾に押しつけられた。けれど先ほどとは違い、その刺激は緩やかなもので、痛みは伝わってこない。

　まさか俺はここで犯されるのか——？

　あらゆる玩具でいたぶられたあと、最終的に本番をステージ上で行うのだろうか。

　櫂は身体に冷水を浴びせかけられたような気になっていた。ここまでのことは想像していなかったのだ。

　考えが甘かったのか、それともミハイルに上手《うま》い具合に丸め込まれていたのか。

「ここは他人に開かされたことのない場所です。無理にこじ開けると、スレイブにとっても苦痛でしかなくなります。やはり最初は優しく導いてやらなければならないでしょう」

「っ……」

「ゆっくり……優しく……円を描くよう……可愛《かわい》がってやりましょう」

鞭の柄の丸みが蕾を縁取るように動いて筋肉が柔らかくなってくると、開き始めた蕾にめり込んでいく。ありえないものを突き挿《い》れられて、櫂は必死に柄から逃れようと尻を振っていたが、それが逆に客達を喜ばせてしまった。

客達はミハイルの美貌のみならず、冷酷なドミネイトとしての行動に目を奪われ、櫂の痴態に股間《こかん》を熱くさせているのだ。

これがステージで魅せるということなのだと、櫂はここにきてようやく思い知った。

羞恥と怒りに満ちていたはずの身体が、快楽に取って代えられていく。

こんなはずではなかったと歯噛みしつつも、蕾を割り割《さ》き中を行き来する鞭の柄が、雄の付け根を内部から擦って、勃起し始めた。

「硬いはずの蕾がほぐれてきました。中は鞭の柄に吸い付いて、淫靡《いんび》な音を立てています。スレイブの快楽も高まってきているはず。今度は、私の指をゆっくりと挿れて、中の締まり具合を確かめてみましょう」

鞭の代わりに、ミハイルの指が入ってくる。あそこに指を挿れられたことはない。男と寝たことはないのだ。当然、自分で弄《いじ》る趣味もない。

最初は不快感だけではなく、吐きけまでしたが、ミハイルの指は鞭より暖かく、肉感的で鮮烈だ。

穴の奥で繊細に蠢《うごめ》く指先は痛みとは違う感触を櫂に伝え、これが快感だと気づくのに少し時間がかかった。

「んっ……っふ……う……」

「中はかなり狭いようです。ですが……朝露をたたえた薔薇のように、大変、美しい色をしております。皆様、どうぞよくごらんになってください」

客達に蕾がよく見えるよう、櫂の尻はミハイルによって左右に割られる。

引っ張られたことで蕾は入り口をうっすらと開き、中の赤みを見せた。それには櫂も我慢ができずに今度こそ膝を折ると、両手は上げた状態で、座り込んだ。

こんなことで膝を屈するなんて、自分でも信じられない失態だった。

父親がどれほど情けなくても、親戚が離れ友人を失っても、耐えてきた。借金の取り立て屋が何度家を訪れ、時に暴力を振るわれようと、自分を見失うことはなかったのだ。

その精神力こそが櫂の唯一の支えであり、アイデンティティでもある。なのにそれがここにきて揺らごうとしていた。

「……っ」

「これではいけませんね。吊《つ》り下げなさい」

「分かりました」

ミハイルが、最初のドミネイトにそう言い、櫂の腰にベルトを巻くと、天井から下ろした鎖に繋いだ。鎖は巻き上げられて、櫂の身体は無理やり宙に浮かされる。もっとも両足首が床に繋げられているため、両足は開いたままだ。

足の裏から伝わるステージの冷たさが、ゆっくりと這い上ってくる。客達の視線よりも遥《はる》かに現実的に感じられ、櫂は歯を食いしばった。

「……っ」

「このスレイブにとってここでの快楽は、まだ屈辱を伴うもの。その屈辱すら快楽に変わる瞬間を、今度はお見せしましょう」

ミハイルは鞭を置くと、ドミネイトに用意させた、黒々としたディルドを手に取った。男根を模したディルドは黒光りしていて普通の雄より太い。櫂は巨大な玩具を目の当たりにして、青ざめた。

鞭の柄とは違う、ミハイルの指でもない、ディルドを櫂の中へ挿れようとしているのだ。

あんなもの突き挿れられたら、腹が割けてしまう。

口枷をされながらも、櫂は必死にやめろと叫んで身体を動かしたが、ミハイルは冷笑を浮かべるばかりだ。

いや、ここは冷静になるしかない。

どうなるのか本当のことを聞かされていなかったとしても、櫂はステージに立つことを自ら望んだのだ。

無様に泣き叫ぶのは負け犬のすること。櫂は負け犬になる気はない。自分が決めたことは自分で責任を取る。

「私のペニスより小さいですが、初めてのスレイブには充分でしょう」

「……うっ！」

蕾がディルドの先端を捉《とら》え、入り口を開いていく。ずしっとした重みが下肢から伝わり、腹の中を巨大なゴムの塊が突き進んでくる。下から内臓が持ち上げられるような感覚と、みっちり詰まったディルドが、櫂の身体を甘く疼《うず》かせた。

「……っう……くう……」

「さあ、前も可愛がってあげなさい」

ミハイルが別のドミネイトにそう命令すると、何もかも理解したように、櫂の腹の下に潜り込んで膝を突く。ドミネイトは見上げ、自らの頭上で腹につくほど反り返っている櫂の雄を見つけると、すぐさま口に含んだ。

フェラチオをされたことがないとは言わない。けれど、これほど巧みなフェラチオは初めてだ。ドミネイトの舌は櫂の雄を口に含んで舌で転がし、亀頭《きとう》を飲み込む。ねっとりとした舌の感触と、陰茎が喉で潰される刺激に反応し、雄は痛みを伴うほど張りつめる。

男に雄をしゃぶられてこれほどまでに感じるとは思わなかった。彼らはプロなのだから、当然なのかもしれない。

「っ……くっ……っ……」

「スレイブの身体が羞恥でも感じているように、うっすらとピンク色に染まってきました。どんなふうに感じているのか、聞いてみましょう」

ミハイルはふと思い立ったように、櫂の口枷を僅かに外すと、汗で額にへばりついていた髪を撫で上げた。

一瞬、触れたミハイルの手は冷たく、熱の上がった櫂の身体に僅かな安堵を与える。

「今、どんな気分です？」

「……たいしたこと……ない」

呟《せ》き込《こ》みたい衝動を抑えて、櫂が淡々とそう言うと、ミハイルは極上の笑みを浮かべた。

こちらの挑戦を受けて立とうとでもいうような、不敵な笑みだ。

「このスレイブには、もっと屈辱を叩き込んでやらなければならないようです」

すぐさま口枷は戻されて、櫂はまた呻くことしかできなくなった。その間も射精感がずっとあって、しゃぶられている刺激に必死に耐える。

けれどドミネイトの口で射精させられることはなく、ミハイルによって雄の根元が摑まれた。その刺激にビクリと腰が震え、声が漏れる。

「櫂……覚悟するんですね。本当の快楽を知れば、もう後戻りはできません」

蕾に深く突き挿れられたディルドの亀頭部分が回転しだした。快感が内部で爆発的に生まれ、身体を駆け巡っていく。

射精感が増しても根元がミハイルの手で握り込まれているため、解放されない。

熱い塊が下肢を覆い、両足の感覚を奪っていく。射精を許されない上、ディルドは容赦なく櫂の内部に刺激を与え続ける。

快楽による涙がうっすらと瞳を覆い景色を曇らせ、意識を内側に集中させてくれた。

たとえ身体が快楽に堕ちても、心さえしっかり守れば、屈することはないのだ。

「……っう……っ……く……」

「本当にこのスレイブは強情ですね」

鞭は何度も空を切り、櫂の背に下ろされる。痛みが鞭の軌跡に沿って伝わり、頭上の鎖がカチャカチャと不快な音を立てて、身体が揺れた。

理性がゆっくりと麻痺《まひ》して、快楽が満ちていく。

「そろそろ、いいでしょう」

ミハイルの手が雄の根元から離れると、櫂は自らの意志で激しく腰を振りながら、精液をステージに撒《ま》き散らした。飛び散った精液はステージの床に点々と水溜まりを作って、頭上のライトを反射させた。

羞恥など欠片《かけら》もなかった。あまりの快楽に頭が真っ白になり、今ここで何をすればより快楽を得られるのか、本能が理解していただけだ。

男性だからこそ逃れられない性的な処理をしただけだと思えばいい。これは負けではなく、ミハイルに支配されたわけでもないからだ。

仮に本能が快楽を受け入れたとしても、理性がミハイルを拒絶していればいい。所詮本能なんてものは、どう抗《あらが》おうと制御できないものだからだ。

ミハイルにどのような目に遭わされようと、絶対に支配はされない。誰のものになるつもりもないし、控え室にいるその他大勢のスレイブ達とも馴れ合う気はない。

何度も自分にそう言い聞かせ、肥大した欲望に追いやられてもなお、心の隅にある理性を奮い立たせる。

心さえ守ることができたら、耀はしっかりと大地に立っていられるからだ。

耀はステージの上で、二度射精をさせられ、そこで意識を失った。

目が覚めると、ステージではない場所に移動させられていて、柔らかな感触のカーペットに転がされていることに気づく。

「……っ……」

すぐさま身体を起こそうとしたが、手枷がそれぞれ足枷に繋がれていて、立ち上がることすらできない。さらに雄の根元には勃起しても射精できないようベルトが巻かれ、まだ帰宅が許されないことを知る。

耀は前屈みのまま、もぞもぞと動いて背後を窺うと、ミハイルが椅子に座ってこちらを見下ろしていた。背後にはセルゲイが立っていて、ミハイルの持つグラスにワインを注いでいる。

「……何のまねだ」

「どうしつけようか考えているんですよ」

ミハイルは冷えた眼差しを向けたまま、グラスのワインを飲み干した。触れる唇の艶やかさには、ある種の毒が滲んでいるように思える。

「ステージでの仕事はすんだはずだ」

「無様すぎて失笑すらできませんよ、耀。私は言ったはずです。あの場を支配しろと。あれではただの下品な見せ物です」

「この俺がよがって懇願する姿でも期待したか？」

「まさか」

手に持ったグラスをサイドテーブルに置いたミハイルは、足を組み直して両手を組んだ。

たったそれだけの動きに、圧倒的な威圧感を感じて、耀は無意識に後じさっていた。

「貴方はあの場で身悶《みもだ》えていただけです。快楽を楽しむこともなく、かといって客を喜ばせるような痴態を披露したわけでもない。呆れるほど無様でした。少しは反省してはどうです」

「……俺を犯す姿を見せ物にする場所だろう。責任は果たしたはずだ」

「犯してなどいませんよ。だいたい、うちのステージではセックスのショーはありません。何故《なぜ》だか分かりますか？　客はステージに立つ若者を自分が犯しているという疑似体験をするためにやってくるからです。赤の他人に犯された段階で、自分のスレイブではなくなる。だから、ドミネイトはあくまで客の代弁者となって道具を使い、スレイブをしつけるのです。それがうちのショーの醍醐味《だいごみ》なのですよ」

「犯したようなものだ」

ミハイルの瞳の中に次第に浮かぶ妖しい光に、燿の本能は反応した。これ以上、逆らったらさらに酷い目に遭う。今は冷静さを失わず、ここから無事に逃げ出すことを考えるのだ。

「いえ、あくまで疑似体験しかできない。だからこそステージに立つ者が支配者になれるのです。いくら説明したところで、頭では理解できませんか」

「……俺には無理だというのなら、手枷を外して服を返してくれ。帰らせてもらう」

燿の言葉を聞いたミハイルは、目を細めて酷薄な笑みを浮かべた。背に冷水を浴びせられたような感覚が伝わり、同時に逃げ出そうと決断するのが遅かったことに気づかされる。

ここは燿が足を踏み入れてはならない世界なのだ。

「やはり、どれほど強がっていても素人《バニラ》は駄目ですね」

「俺をどうするつもりだ？」

「まずはセックスがどういうものか、教えてやらなければなりませんね。セルゲイ、あれを」

ミハイルの言葉にセルゲイは四角い箱のようなものがついた首輪を持ってくると、燿のもともとはめていた首輪を外して、代わりにつけた。

「俺に何をっ……っ！」

声を上げると同時に、喉元に電流が流れた。まるで首に電気くらげでも巻き付いているかのような刺激に、思わず倒れ込む。

ミハイルは椅子から腰をあげて近づいてくると、面白そうに見下ろしてくる。

「無駄ぼえをする犬をしつけるための首輪を改良したものです。気をつけたほうがいいですよ。声を出すと電流が流れますから」

「ミハっ……くうっ！」

再度、喉元から走り抜けた電流に、櫂は視界に星が散ったような光を見た。その激しい痛みに櫂は歯を食いしばる。

「野良犬でも一度、電流を味わえば学ぶ。貴方はそれ以下です。恥ずかしくありませんか？」

手がそれぞれ足首で繋がれているため、首輪を引き剝がすこともできず、櫂はひっくり返った亀《かめ》のような恰好で、喘ぐしかなかった。

「……っ」

「ようやく自分の置かれた立場を理解したようですね」

ミハイルは櫂の両足の間に立つと、ファスナーを下ろして、雄を晒け出した。すでに雄は勃起しているのだが、あれほど太くて長い雄を櫂は見たことがない。

だいたい、自らの雄を自慢するために、櫂の前に晒け出したわけではないはず。

「何です、貴方に怖いものでもあるのですか？」

ミハイルはゆっくりと膝を突くと、櫂の宙に浮く足首を摑んで左右に割った。足の裏が天井を向いて、手首が同じように引っ張られて痛い。

「確かに……自慢するわけではありませんが、私のペニスは太くて長い。その代わり、味わえる快楽もすさまじいはずですよ」

櫂は声を上げられず、ただ、顔を左右に振った。けれどミハイルはそんな櫂の表情も楽しんでいるのか、微笑んでいる。

「慣らしてありますから、大丈夫ですよ。それに……処女を抱くように、ゆっくり挿れてあげます」

ミハイルの身体が覆い被《かぶ》さってくるのと同時に、クチュッと音を立てて、先ほど目の当たりにした雄が櫂の中へと入ってきた。

「……っ……」

ズズッと滑るように雄が奥へと移動しているのだが、感じたことのない場所から、肉の感触が伝わり、恐怖で櫂は青ざめた。どれほど自分に平静になれと言い聞かせても、そんな意志などミハイルの前では紙より薄っぺらいものだと気づかされる。

「まだ全部入っていませんね」

「……っ……っ！」

「私のペニスは腹のこの辺りにありますね。では、まだ入るはずです」

足を抱えていた片手が櫂の腹を撫で回し、自らの雄がどこにあるのかを、確認している。手で押さえたら腹に雄の形が浮き出そうだ。

「……ひうっ！　……っ」

思わず上がってしまった声に、容赦なく電流は流れ、頭の芯《しん》がぶれるほどの痛みが走る。

「叫び声でも電流が流れますよ。気をつけなさい」

「……っ」

ミハイルはさらに櫂の奥深くまで自らの雄を押し入れ、すべてを挿れ終えて動きを止めた。

ステージで突っ込まれたディルドとはまるで違う。当然、ミハイルの指の感触とも違う。勃起した雄はもっと弾力があって、ずっしりと重い。中が今にも張り裂けんばかりに押し広げられていて、恐怖も感じたが、愉悦も伝わっている。

雄の切っ先があり得ない場所を突いていて、それだけで気が狂いそうだ。

「全部入りましたよ。しっくりと私のペニスに馴染んで、なかなか楽しめそうですね。ですが、本当の快楽は腹の中をこのペニスで擦ってこそ、得られるものです。……もちろんお互いに……という意味ですが」

櫂は先ほどより激しく顔を左右に振った。

中に収まっている雄が抜き差しされるなど、考えたくなかったのだ。

「動きますよ」

「――――っ！」

ミハイルが腰を動かし抽挿を始めると、櫂は嬌声《きょうせい》を堪えるため唇を噛みしめた。

声を上げたときに伝わる電流よりも激しい、脳天を突き抜けるような快楽が走る。だが、電流とは違って快感は甘美なもので、身体が蕩《とろ》けるようなものだった。

「この感覚を身体に叩き込みなさい。ステージでも今のようにできるように」

「……っ……っ……っ……！」

激しく突き挿れられて、身体中の関節が軋《きし》む。

女のように犯されているのに、身体はこの快楽を歓迎している。ミハイルの雄が抜き差しされるたびに伝わる快楽は鮮烈で、不快さは欠片も伝わってこない。

女とのセックスでは到底知ることのできない、究極の快楽がここにあった。

「先ほどのように、快楽を内で感じるのではなく、今のように外へと発散するのですよ」

「……っ……っ……」

もし声が出せたら、自分でも信じられない甘い嬌声を上げていたに違いない。快楽に支配された脳は、プライドなど踏みつぶし、ただ、どこまでも貪欲《どんよく》に刺激を求めるために、櫂をせき立てる。

身体がミハイルによって変えられていく……。

男に犯され悦《よろこ》ぶ身体に。

ミハイルは燿を支配しようとしているのだ。身体だけでなく心をも。

絶対に——受け入れるつもりはない。

「ああ、とてもすごい締め付けですよ。今、何を考えたのです？」

動きを止めたミハイルが、歯を食いしばり睨み付けている燿を、余裕の笑みで見下ろしている。

あれほど抜いて欲しいと願った、燿の内部を貫いたまま微動だにしないミハイルの雄に、恐怖を感じ始めていた。

もし中にある雄が引き抜かれ、イカされることなく放置されたら、どうなるのだろうか。

「綺麗な乳首ですね……」

ミハイルは乳輪をなぞるように指先で触れると、乳首を親指で押し潰す。そしてまた乳輪を撫で回し、乳首を潰す。

「こんなふうに誰かに触れられたことはあるのですか？」

燿の身体は精液だけでなく、汗で濡れそぼっている。なのにミハイルは額に僅かも汗をかかず、涼しげだ。

今のうちに心に浮かんだ恐怖を宥《なだ》め、ミハイルの支配に抵抗する力を少しでも取り戻さなければならない。そう、必死に考えているのに、指先は小刻みに震え、下肢は痺《しび》れて力が入らなかった。

無様なのはステージでの姿ではなく、今の自分だ。

「私のペニスを抜いて……このまま放置することも、貴方のしつけには効果的かもしれませんね」

もっとも恐れていた言葉を告げられた櫂は、目を見開いた。ここで動揺を見せたら、ミハイルの思うつぼだ。

だが、放置されたときの喪失感は、耐え難いものになるに違いない。

「どうして欲しいのです、櫂」

ミハイルはそう言いながら、緩やかな動きで抜き差しを再開した。亀頭がゆっくりと引き抜かれていく生々しい感触が内部から伝わり、櫂は声を上げることなく口を開いて、息を吐く。

これでは生殺しだ。

勃起した自らの雄は解放されず、ミハイルの雄は櫂の中を遠慮なく蹂躙《じゅうりん》するのだ。そして自らが求める答えを見つけるまで、櫂に甘い拷問を延々と続けるのだろう。

「最後までイキたくないのですか？」

ミハイルの明るい緑色の瞳に、櫂の懇願を浮かべた表情が映っていることに気づいて、衝撃を受けた。

自分はいつからこんな情けない顔をしていたというのだろうか。

櫂は唇を噛みしめたまま、漆黒の瞳に快楽からもたらされる涙を浮かべた。屈辱に奥歯が鳴る。いや屈辱と感じたいだけで、本当は悦びからかもしれなかった。

手が自由なら、ミハイルの腕にしがみつき、懇願していたに違いないからだ。

ここで抵抗したとしても、ミハイルは必ず自分の望んだように従わせるため、櫂に苦痛と快楽を与え続けるだろう。

一時間か二時間か、それともまる一日か。あとどのくらい耐えたら解放されるのかではなく、ミハイルが満足するまで延々と続けられるのだ。

結果が見えているのに、今耐えることになんの意味があるというのだろう。さっさとミハイルに頷き、身体を焼き尽くすような快楽を得ればいいはず。

それでミハイルも満足し、櫂を解放してくれるのだ。

射精できれば楽になれる。

「放り出されたいですか?」

櫂は涙で濡れた顔を左右に振った。

まともな状態であればこんなふうに櫂は考えはしなかったが、射精をすることを許されず、身体に蓄積されるばかりの快楽は、櫂の本来の人格すら一時的に破壊してしまったのだ。

「……ああ、櫂。貴方はすべてが素晴らしい」

ミハイルの言葉を遠くに聞き、今は快楽に溺《おぼ》れることを櫂は選んだ。こうして繋がっている間だけは、自分が置かれている残酷な境遇を忘れられることに、気づいたからだった。

身体の節々が軋んでいる。特に身体の中心を鉄の棒で何度も擦られ焼けたような痛みを感じ、目は覚めているのにすぐに起き上がることができない。

まずは沈黙させられた元凶である首輪の存在を確かめたが、いつの間にか手枷だけでなくすべてが外されていて、燿は安堵の息を吐いた。

昨夜のことを思い返すと、気分は最悪であってもおかしくないのだが、久しぶりに味わう真新しいシーツの香りとスプリングのちょうどいいベッドの心地よさに、しばらく身じろぎせずにいた。

燿はフットライトの明かりを頼りに、目だけを動かして周囲を窺った。

広いベッドは天蓋《てんがい》付きで、部屋の一角にはマントルピースを中心に家具や小物が配置されていて、上部にかけられた絵はよく見えない。

「……く」

燿はゆっくりと身体を起こすと、自分の服を捜した。だがどこにも衣服類は見あたらず、ローブの類《たぐい》もない。

仕方なしに素っ裸のままベッドを下り、二つある扉のうち手前のものを開く。そこには洗面台や、身体を伸ばせるほど広々としたバスタブが備えられていた。

燿はバスタブに入って熱いシャワーを浴びていたが、立っていられずにその場に座り込んだ。

金が欲しい。だからミハイルの提案を受け入れた。彼がどれほど危険な相手なのか気づいていながら、足先をほんのすこし踏み入れ、耳を閉ざしてさえいれば、いつでも逃げられるはずだと安易に考えていたのだ。

けれど現実はそう甘くないことを昨夜思い知らされた。

恐怖を感じたのは、人の目に己の痴態を晒されたことではない。あれほどの人に囲まれていながら、ミハイルの振り下ろす鞭や、触れる手に感じたことでもない。

後孔に玩具を突っ込まれ無様に射精していた。あれは気持ちがよかった。受け入れて、快楽を感じることだけに集中していれば、見られていることなど些細《ささい》なことになるからだ。

恐ろしいのはミハイルだ。さんざん手や玩具でいたぶられたあと、ステージから引きずり下ろされ、ミハイルに犯された。

身体の自由を奪われただけでなく、電流の流れる首輪をつけられ、声を上げることも許されず、未だかつて味わったことのない快楽を延々と与えられたのだ。

耀の耳には、ミハイルの冷笑が鮮やかに残っている。身体を穿《うが》たれながら響いた声。中を擦る、みっちりと詰まった肉の感触と、蕩けるような愉悦。耀が知る快楽など子供騙《だま》しだった。

プライドなどズタズタにされて、最後は泣くことでしか、意思表示ができなくなっていた。声が上げられたら、許してくれと耀は懇願していたに違いない。

そんな自分を思い出すと、羞恥と後悔から怒りがわいてくる。

運命に翻弄《ほんろう》されても心だけは自分のものだと信じて疑わなかった。なのにミハイルの手に弄ばれて耀は快楽に屈したのだ。

「……くっ！」

燿はバスタブの縁を叩いて、荒くなりつつある呼吸を整えた。

逃げ出すのか、それとも続けるのか。いや、続けられるのか。今まで以上に深みにはまるのは目に見えているのに。

燿はシャワーを止めて浴室から出ると、洗面台の脇にかけられたバスタオルを手に取り、濡れた身体を拭った。

気持ちが大きく揺れている。

借金を返すために大金を稼げる仕事が現実に必要なのだ。だからといって、盗みや詐欺といった犯罪に手を染めることは性格的にできない。

そうなると燿に残されたのは、この身で稼ぐしかないのだ。

結局のところ、今の状況を受け入れるしかないという、結論に導かれる。分かっているのにこれでいいのかと、疑問が頭をもたげるのだ。

燿は腰にバスタオルを巻き付けて寝室へ戻ると、もう一つの扉を開けて外へと出た。

そこには広々としたリビングが広がっていて、アンティークのテーブルや椅子、繊細な彫りが施された柱時計など、ミハイルが好みそうな家具がそろえられている。

時間は二時を回ったところだ。朝方、ようやくミハイルに許されて、眠りについたことは覚えている。一眠りするつもりだったのに、これほどぐっすり眠ってしまうとは思わなかった。

「……！」

ミハイルは上下いっぱいにとられた窓際のテーブルについていた。

小さな丸テーブルに、向かい合わせに椅子が二つ。お茶を楽しんでいるのか、テーブルにはサンドイッチや果物が並べられ、ミハイルは涼しい顔でカップを傾けている。

「ずいぶんとよく眠っていたのですね」

「……ここはカジノじゃないな」

「ええ。ここは私の自宅ですよ。話は座ってしまいませんか？」

「ああ」

耀は、促されるまま、ミハイルの向かいに腰を下ろした。予想してくれていたのか、耀の椅子には柔らかいクッションが敷かれている。

「座る方が辛いのでは？」

「そうでもない」

「お腹《なか》も空いたのではありませんか？」

「……いや、構わないでくれ」

並べられているサンドイッチの匂《にお》いに誘われるよう、急に食欲がわいて、腹が鳴った。当然、ミハイルの耳にも伝わったようだ。

ミハイルは艶然《えんぜん》と笑い、耀は自らの生理的現象に内心舌打ちをする。

「セルゲイ、何か用意してやりなさい」

「かしこまりました」

「必要ない。それより俺の服を返してくれないか。仕事があるんだ」

去っていくセルゲイの背を目の端に捉えながら、耀はミハイルに言った。

着替えることさえできれば、こんなふうにミハイルと話すことなく姿を消していた。

いや、着替えを用意してくれていなかったのは、耀がこっそり逃げ出さないようにするためだったのかもしれない。

「宅配のアルバイトなら、私から連絡をしておきましたよ。体調が悪いので休ませてください……とね。夜の工事現場のアルバイトをどうするのかは、自分で決めなさい」

「……勝手なことするな」

「荷物を持てる状態でないくらい分かりますよ。予想がついていましたので、今夜、貴方のステージの予定は入れていませんが、来週末からは土日の二日、出てもらいます」

続けるのか、やめるのか。耀はどちらとも決めかねていて、迷っている。なのにミハイルは、さっさと次の予定を立てていた。

何より、ミハイルが気遣ってくれているように感じて、居心地悪く感じる。

「俺を気遣ってるつもりか」

「気に入りませんか？」

「……別に」

「それより、どうするのか決めたのですか？」

ミハイルは櫂のすべてを理解しているかのような視線を向けてくる。そんなことはありえないのだろうが、ミハイルは侮れない。

「何のことだ」

「金のために続けるか、尻尾《しっぽ》を巻いて逃げ出すか」

「俺は……」

まだ決めかねている櫂に、ミハイルは封筒を取り出すと、目の前に置く。

「これは何だ？」

「昨夜の貴方の稼ぎです。中を確認してみなさい」

目視でもかなりの金額が入っているように見える封筒を、恐る恐る手に取り、櫂は中を確かめた。

中は千円ではなく一万円札が入っていて、数えると五十五枚ある。

「……一晩で稼げる金額じゃない」

「私は無様なデビューだと思いましたが、客は初々しい貴方に満足したようです」

ミハイルは呆れたような顔をしつつも、笑っている。

確かに、客が射精した数だけ、ボーナスがつくと聞いていたが、周囲など見る余裕のなかった櫂には昨夜の状況がどうなっていたのか、分からない。

「客が射精した姿など見なかった。それに……あの場でどう金が動いた？」

「射精した客の数など知る必要はないのですよ。密《ひそ》かにイク客もいますからね。それに、金など投げるような見栄えの悪いシステムは取っていません。満足したら、その場でカジノ専用の小切手を切り、ボーイに渡し、帰るときに現金で精算をしていただきます」

「システムは分かった。だが……いいのか？」

今までどれほど働いても、これほど一万円札が入っている給料をもらったことなど無い。病院に少しでも支払いをしなければならなかった櫂にとって、この金は本当にありがたい。

「貴方が稼いだ金《チップ》です。好きに使いなさい」

「カジノ側の取り分は？」

「五割」

では、昨夜の櫂のステージに動いた金は百万を超えていたことになる。確かにさんざんな目に遭ったが、あれが百万以上の価値になるとは、到底思えない。それ以上に、ミハイルの店の取り分が五割には驚いた。

「そんなに上前をはねるのか」

「こんなものですよ。悪質な奴《やつ》らだと七割から九割取り分として請求しますからね。違法なことは働き手にも分かっているから、泣き寝入りです」

「酷い話だな」

確かに普通のアルバイトではないだろう。しかも闇カジノでの催し物だ。それ自体、違法なのだから、いくらでも上前をはねられるし、アルバイトには文句など言えない。

「それで、貴方はどうするつもりです？」

ミハイルは肘《ひじ》をテーブルにつけて両手を組むと、こちらを見つめ櫂の返事を待っている。

昨夜は何度、後悔したか分からない。二度目はないと本気で考えた。だが、手の中にある封筒の存在が、櫂の揺れていた気持ちを固めた。

「続けるには……条件がある」

「どういう条件か、聞くだけは聞いてやってもいいですよ」

「あんたが俺の専属のドミネイトになるというなら、続けてもいい」

客達が素人の櫂に満足して金を出したとは思えない。ミハイルがいたから、客達はいつも以上に興奮したはずなのだ。

客達から『閣下』と呼ばれる美しきカジノのオーナー。ミハイルの放つ支配者そのもののオーラに惹きつけられた客は、彼の声、手の動きに魅せられていたのだ。

少しばかり見た目がよくて、立派な肉体を持ったドミネイトなど、神々しいミハイルの足下にも及ばない。

普通より稼ぎを上げるためには、ミハイルの存在が必要不可欠だ。

「他のドミネイトの方が、貴方を優しく扱ってくれるはずですよ」

「俺の条件はそれだけだ」

「困りましたね。私は表には出ない主義なのですが」

「……駄目なら俺はやめる」

耀が本気だというふうに睨み付けて言うと、ミハイルは組んでいた手を解いて、カップの縁を指で撫でた。

「……いいでしょう。では、私からも条件があります」

「何だ？」

「私以外の者に貴方の身体を触れさせないこと。貴方から触れることも禁止します。どうです、守れますか？」

ミハイルがどういう理由で言ったのか分からなかったが、耀は同性と触れ合う趣味などないし、ましてやセックスしたいとも思わない。

「分かった」

「よろしい。ですが……後悔するのは貴方ですよ」

「後悔はしない」

耀は金をできるだけ稼ぎたいのだ。鞭で叩かれ、尻に玩具を突っ込まれるくらい、金のために我慢するしかない。強盗や詐欺のような犯罪より遥かにましだからだ。

耀は腹をくったのだが、ミハイルは意味深な笑いを口元に浮かべている。

「何か言いたそうだな」

「いえ、そこまでして他人が作った借金を返す貴方に感心しているだけですよ」

「……俺の家族だ」

「私が買い与えた貴方の服を売り払い、働きもせずギャンブルにばかり没頭するろくでなしの父親に、余命いくばくもない母親。どちらも投資するには不向きです」

ミハイルが買いそろえてくれた服や靴を無造作に押し入れに突っ込んでいた櫂が悪かったのだろう。気がついたときには父親がすべて持ち出し処分した後だった。

もっとも隠す場所もなかったのだから仕方がない。

ただ、ミハイルのことだから、いずれ服のことに触れてくると覚悟していたが、誰が売り払ったのかすでに知っていて、ここで話題にするとは思わなかった。

「……家族を見捨てることはできない。誰でもそうだ」

「そうですね……私の足を引っ張る人間は、排除してきました。例外はありません」

「自分の親を排除したのか？」

ミハイルの瞳には冷酷な輝きが灯っているのが見える。

長い睫《まつげ》に彩られた、吸引力のある目だ。けれど、緑の瞳の奥底には、闇が広がっている。覗《のぞ》き込むのが怖いのに、何故か目が離せない。

「私は面倒なことを処理するやり方を心得ているだけですよ。最初に話したはずですが、私には様々な肩書きがあります。貴方が本気で私に助けを求めるのなら、どのようなことでも力になってあげますよ。どのようなことでも……ね」

「俺に何を言わせたい？」

「答えは貴方の中にあって、私にはない。さあ……貴方はどうしたいのです、櫂」

ミハイルの双眸《そうぼう》は櫂の目を射貫くかのように、向けられている。急に心臓の鼓動が速くなり、額に汗が浮かぶ。

心の奥底にある櫂の望み。決して口にしてはならない言葉が横たわる。ミハイルはそれを見つけたとでも言うのだろうか。

ミハイルの瞳の奥に恐ろしい悪魔の姿が映ったような気がして、櫂は思わず目を逸らした。

「……俺が稼いだ金をどうするのか、あんたには関係ない」

「ええ、貴方が稼いだ金です。どのように使おうと、私が関知することではありません。……準備が整ったようですね。好きなだけ食べなさい」

セルゲイがワゴンを押して戻ってきて、櫂の前に料理を並べていく。

アサリの味噌汁《みそしる》にカレイの煮付け、厚焼き玉子に湯気の立つ真っ白な飯。母親が櫂によく作ってくれたものばかりだ。

何故、ミハイルが櫂の好物を知っているのか、聞くのは愚問なのだろう。違法なカジノで櫂を雇うのだから、櫂の身上調査はされているはず。

だからといって、調べたことが分かるよう、こんな形で知らされたくない。

「……俺を弄んで楽しいか?」

「食事を振る舞っているというのに、どうして私は睨まれているのです?」

「悪趣味だからだ」

「喜ぶだろうと思って用意させただけですが……これがどう悪趣味なんでしょう」

艶やかに笑うミハイルに、櫂はムッとした顔で立ち上がった。

「もういい。俺の服と鞄《かばん》を返せ」

ミハイルはセルゲイに人差し指を立てて見せると、何もかも分かったように彼は部屋を出て行った。

櫂にはずけずけとものを言うくせに、ミハイルには本当に忠実な男だ。

「人に気遣われるのが嫌いですか?」

「必要以上に関わりたくないだけだ」

「貴方とセックスはしましたが、馴れ合っている気はありませんよ」

「……分かっているならいい」

戻ってきたセルゲイから着替えを渡された櫂は、腰に巻いたタオルを椅子の脇に引っかけ、着替えた。そんな態度に、セルゲイは不満げに眉間に皺を寄せたが、ミハイルはおもしろがっているようだった。

「櫂、貴方はもう少し物事を柔軟に受け止めることを学ぶことです」

「これが俺だ」

「まあいいでしょう。……セルゲイ、櫂を病院まで送ってやりなさい」

「……必要ない」

「夜のバイトまでに必ず訪れているはずです。違いましたか？」

本当に、ミハイルはよく櫂のことを調べたようだ。

借金の総額や、アパートの家賃まで把握しているに違いない。

「あんたらには関係ないことだ」

「好意は素直に受けなさい。セルゲイ、頼みましたよ」

「かしこまりました」

セルゲイに送迎などされたくなかったが、ここがどこなのかも分からないのだから、利用しない手はない。

櫂は不機嫌なセルゲイの運転で病院へ送ってもらうと、土日も受け付けている精算窓口で、もらった金をすべて入金して延滞金の一部を支払い、少しばかりいい気分で母親を見舞ってから、工事現場へと向かった。

昼間は宅配で荷物を運び、夜は工事現場で日中に出た廃材を片づける。

さすがにあちこち軋んだ身体で、廃材をトラックに載せる作業はかなりきつい。それでも身体を動かしている方が楽な櫂は、黙々と作業を続けていた。

「滝野、来週から土曜日から月曜を休みにしたいと聞いたが、何かあったのか？」

「いえ」

「問題ないならいいが、若いからといって無理をするんじゃないぞ」

監督官が去っていくと、櫂は止めていた手を動かす。

母親は入院当初の頃から保険ではまかなえない治療を受けているため、病院にもかなりの未払金がある。少しでも滞納している金を支払わないと、治療が打ち切られ追い出されてしまうのだ。だから櫂は病院の返済を優先していた。

もっとも余命宣告が出された今ではもう、その治療も無意味になってしまったが、かかった費用は支払いを終えるまで増えていく。

明らかなのは、こちらの借金も櫂が真面目に働いて支払える金額ではないことだ。

ふとミハイルの言葉が頭をよぎる。

——貴方はどうしたいのです、櫂。

あのときミハイルは、櫂の心の奥底まで覗き込もうとしていた。心の奥底にある、決して口にはできない櫂の本心を引きずり出そうとでもするかのように。

何度、父親の死を願っただろう。時々は、あの優しい母親のことですら、治らない病気から解放してやりたいと願った。

もしそれを言葉にしていたら、ミハイルは櫂の希望を叶《かな》えてくれたとでもいうのか。

「……っ」

　燿は自分の考えたことを振り払い、同時に恐怖を感じた。

　ミハイルと出会う前と今では、燿の中で何かが変化したような気がする。

　といっても、漠然としていてどこが変化したのか、燿自身も言葉では上手く言い表せない。それでも以前は、自分の本心を誰かに打ち明けたいなど、一瞬たりとも考えたことがなかった。

　ミハイルは他の誰とも違う。人の心を読み、一歩先を行く。

　やはりミハイルのもとで働くのは危険だったのだ。分かっていても、今日、手の平に感じた金の重みを失うことはできない。

　ミハイルとの関係を切れない以上、深入りしないよう気をつけるしかないのだろう。

　自分にどれほどの価値があるのか分からない。ただ、ミハイルが燿を弄び、反応を楽しんでいることには気づいていた。

　ミハイルの言葉から耳を塞《ふさ》ぎ、触れる手からは身体を石にする。与えられる金は機械的に受け取るが、それ以上のことはすべて断るのだ。

　燿は固く決心したことで、落ち着いた気持ちでアパートへ帰宅したが、闇金の取り立て屋が待っていた。

「よう、燿。うちの借金は利子すら払われていないんだが、どうなってるのか、知らないか？」

　取り立て屋は伊織組《いおりぐみ》の組員で、いつも二人組で現れるのだ。燿に愛想よく笑って近づき、肩に手を回して友人のように話しかけてくる。

特にベラベラと話しかける飯塚《いいづか》はお調子者に見えるが、すぐに切れるタイプだ。

「……」

「お前の親父、またうちの雀荘《じゃんそう》で見かけたぜ。負けも相当こんでるくせに出入りしやがったから、蹴り出してやった。どうしようもねえなあ、あの親父」

「俺には関係ない」

無視して階段を上がろうとしたが、腕を掴まれ引き戻される。殴り倒してやりたいが、暴力団の組員相手に喧嘩をふっかけても、ろくなことにならない。

過去に一度、あまりにもしつこくつきまとわれ、喧嘩をしたことがあった。最初は勝ったが、後でさんざん殴られて、一週間バイトを休む羽目になったのだ。

だからどれほど腹が立っても逆らわずに受け流すことにしていた。

「櫂。俺が言うのも何だが、あれは殺《や》っちまったほうがいいんじゃねえか。お前の稼ぎなんてな、数分で親父がすっちまう。この俺でも同情するぜ、な?」

飯塚はもう一人の組員である香取《かとり》に同意を求める。香取は頷くだけで言葉は出さない。

「帰ってくれ」

「おい、その言いぐさは何だ」

「……」

「そういや、病院には金を払ったそうじゃねえか。うちはどうなってるんだ？　あ？」

　さっさと彼らを振り払いたいのだが、飯塚は櫂の行く手に立って邪魔をし、香取は背後の逃げ道を塞《ふさ》ぐ。

「……忘れてはいない」

「お前ほどの容姿だ。一晩、そうだな……二、三人でも客をとれば、毎月そこそこ稼げるぜ」

「帰れ……うっ！」

　飯塚に腹を蹴られた櫂は、地面に膝を突いた。ただでさえあちこち身体が軋んでいる上、腹への一発はかなり堪える。

　だからといって、自分の身体の状態を彼らに話すわけにもいかない。

「なあ、櫂。俺達だって、こんなことやりたかないんだよ。最近はサツの締め付けが厳しいからな。でもなあ……借りた金を返そうとする態度を見せてくれなくちゃ、お前の返済計画の見直しを手伝うことになるぜ。俺達だって商売だからよ」

「来週……末。必ず用意する」

「来週末だな」

「……ああ」

「仕方ねえな。じゃあ、待ってやるしかないか。じゃあな、櫂。いい返済の方法を知りたかったら、いつでも相談に来いよ。お前だから相談に乗ってやるんだからな。でもな、ずっと待つわけにはいかないぜ」

飯塚は早口でそう言うと、香取を伴い帰って行った。いつもよりすんなり帰ったのは、一階の住民が窓を開けて様子を窺っていることに気づいたからのようだ。

櫂はよろけながらも立ち上がり、腹を押さえながら自分の部屋に入った。やはりというか、父親の姿はなかった。

「……っ」

櫂は扉を拳《こぶし》で叩き、歯ぎしりした。

何度言い聞かせても、父親はギャンブルをやめない。しかもパチンコなどという可愛いものではなく、数分で櫂の一カ月の稼ぎを失うような、ギャンブル性の高いものを好むのだ。

たった一度、手持ちの金を三倍にしたことがあり、そのときの高揚感を忘れられないのだ。櫂には理解ができないのだが、ギャンブルに身を堕とす者が抜け出せないのは、このためだと聞く。

どれほど腹を立て何度、死んでくれと願うことがあっても、父親は依存症という病気だと櫂は自分に言い聞かせ、納得しようとしてきた。

けれど一人で必死に働く自分が時々空《むな》しくなるのも本当のことだ。

父親にギャンブルをやめさせるには、どうすればいいのか。嫌と言うほど考えてきた。帰ってきたら今度こそ、鎖で繋いだ方がいいのだろう。

二度と外へ出ないよう、部屋に縛り付けて、掃除でもさせたらいいのだ。いや、家で内職をさせて少しでも稼がせるという手もある。

今もどうせあちこちの賭場《とば》をうろついているのだろうと、怒りで眠ることもできなかったが、その日を境に、父親は姿を消した。

誰が支配者なのか櫂に思い知らせたことで、少しは懐いてくるかと期待していたが、この週一度もミハイルに顔を見せなかった。

櫂の性格からミハイルのマンションを訪ねて来ることはあり得なかったが、配達だと理由をつけて画廊の方へ来ることは可能だ。なのに櫂は来なかった。

ミハイルのことに腹を立てているのか、それとも顔を見るのが恥ずかしいのか。

どちらにしても驚くべきことは、櫂の態度ではなく、こんなふうに自分が彼に執着していることだろう。

恐れを知らぬ若者には、ずいぶんと出会ってきた。彼らのほとんどが、自分はやればできる人間だと自らを過大評価していて、現実社会のあり方を知らずにいる。わがままで傲慢《ごうまん》。たいていしつけがなっておらず、目上を敬う心も口の利き方もなっていない。

だが、ミハイルの前ではどんな虚勢も無力なのだと思い知らせると、驚くほど従順になり、懐いてくるものだ。

櫂は他のどの人間とも違う。そこに執着しているのかもしれない。

かたくなな櫂を手のうちに入れるためには、アプローチを変えなければならないのだ。

ならば唯一櫂が心を許している母親から攻略するのがいいだろうと、ミハイルは櫂が来る時間を狙って、ある者達を従え病院へと出かけた。

櫂の母親はミハイルの見舞いに最初は驚いていたが、以前、薔薇の花束を贈ったことを話すと、すぐさま打ち解けた。

母親は櫂によって親しい人々の裏切りから守られているようで、病魔に身体を侵されていても、心は穏やかさを失っていない。

ミハイルは連れてきた美容師達に母親の髪を整えさせて、化粧をさせた。また同室の患者すべてを、櫂の母親と同じように美しく整えてやった。

最初、病室に入ったときは、死の臭《にお》いが蔓延《まんえん》していたが、今は少し和らぎ患者達の顔には弱々しくも笑顔が浮かんでいる。特に櫂の母親は本当に嬉しそうにしていて、何度もミハイルに感謝の言葉を告げた。

ミハイルが病室を訪れて一時間ほどした頃、櫂がやって来た。予想どおりミハイルの姿に驚き、珍しく動揺を見せた。

「……なっ……」

「よく働いてくれている部下の母君が入院されていると聞きましたからね。見舞いに来ただけですが、何か問題でもありましたか?」

櫂は母親に背を向けるようにして自分の表情を隠し、ミハイルにはまるで親の敵でも見つけたような、鋭い視線を寄越《よこ》してきた。

帰れ……と、言いたいのだろう。が、こういう反応を楽しむために来たのだ。

「櫂、ミハイルさんはお見舞いに来てくださったのよ。見て、この沢山のお花も果物もお断りしたんだけど、耀にはよく働いてもらっているからっておっしゃって……。お知り合いの美容師さん達を連れてきてくださったの。お母さん、髪を綺麗に整えてもらって、メイクまでしてもらったの。私だけじゃなくて同室のみんなも。なんだか若返った気分よ。どうかしら？」

ミハイルと息子の本当の関係を知らない母親が嬉々《きき》としている姿に、耀は言葉が見つからないのか、目を泳がせている。

「……」

「耀？」

「……いや、まあ……綺麗になったな」

「本当？　お化粧を少ししていただいただけなのに、すごく気分がいいのよ。病気が治った気がするくらい。とても嬉しいわ」

「よかったな」

耀は今まで見せたことのない、無愛想な表情の中に少し照れを滲ませる。

こんな顔もできたのかとミハイルは内心驚きつつも、血の繋がりに嫉妬《しっと》にも似たものが湧《わ》くのが分かった。

「ね、ミハイルさんは彫りが深くてとても素敵な方ね。お母さん、いい年して、なんだかドキドキしているのよ」

「見かけだけだ」

「何を言ってるの、燿。分かったわ。羨ましいのね」

「……そうじゃない」

燿はそっとミハイルの方を窺っては、嫌そうに目を細める。本当の仕事を母親に話されたかと、気を揉《も》んでいるようだ。

「いい雇い主さんに出会えて、本当によかったわね、燿。お母さんとても安心していたの。実はね、家がいろいろ大変な上にお母さんがこれでしょう？　燿がぐれてしまったらどうしようと、心配していたもの」

「俺は……大丈夫だ」

母親の折れそうな手をそっと握りしめ、労《いたわ》るような目を向ける。

燿は狼と同じ気質を持っている。明確なテリトリーを持ち、自らの家族を守ることに全力を尽くす。外からの攻撃には全身全霊で立ち向かい、譲らない。

「親思いの素晴らしい息子さんですよ。ご両親がきちんと育てられたからでしょうね」

極上の微笑を母親に向けて褒めると、燿は居心地悪そうに首の後ろを掻いた。燿はミハイルを今すぐここから引きずり出したい気持ちに駆られているはずだ。

「母親の欲目かもしれませんが、うちの息子はとても心優しい子です。ただ……ぶっきらぼうで無愛想で誤解されそうですが、努力家で真面目なんですよ」

「ええ……存じております」

「ミハイル……」

「そうですね……では、そろそろおいとましましょう」

ミハイルが椅子から腰を上げると、耀はホッとした顔をしたが、一瞬だった。

「ご迷惑でなければ、またいらしてください」

「ぜひ、また」

すでに目的を果たしたミハイルには、二度目はない。それでも社交辞令は心得ていた。

病室から外へ出ると待っていたセルゲイと合流したが、耀は赤の他人とでもいうように、足早に去ろうとする。

ミハイルがそんな耀の腕を摑んで引き留めると、ようやく立ち止まった。

「耀、せっかくここで会えたのですから、私の車に乗って行きなさい」

「どういうつもりだ」

「ただの見舞いですよ。何が問題なのです？」

「……あんただ」

野性味のある印象的な目を持つ日本人の耀と、プラチナブロンドの髪を持つ美貌の外国人のミハイルが向き合っている姿は、見舞客や看護師の注意を引いた。言い合うには最適な場所ではないことを、耀は理解できないのだろうか。

ミハイルは耀の腕を摑んだまま、半ば引きずるようにして、病院の外へと連れ出した。

「おい、待てよ……俺は……」

「穏やかに話せないなら、できる場所でするしかないでしょう」

駐車場まで来ると、ミハイルはセルゲイにリムジンのドアを開けさせ、耀を突き飛ばすようにして乗せた。

車内に入れてしまうと、耀はおとなしくシートに座った。ミハイルはセルゲイに助手席に座るよう指示して二人きりになると、耀の斜め横に腰を下ろす。

しばらくすると車は速やかに動き出し、病院の駐車場から離れていく。だが、耀はふてくされた顔のまま無言だ。

「貴方は何を怒っているんです?」

「当たり前だ」

「どう、当たり前なのです」

自分のテリトリーに無遠慮に足を踏み入れられたことを耀は怒っている。分かっているからこそ、ミハイルは耀のテリトリーを侵しているのだ。

いつもとは違う耀の反応を見るのも楽しみだが、拒絶はいずれ諦めに変わり、慣れになる。いずれミハイルの場所が彼のテリトリーの中にでき上がるだろう。

耀は孤高の狼だ。彼の懐に入るには、まずテリトリーを行き来できるチケットが必要だ。

「……耀」

「あんたには関係がない」

「見舞いはそれほど悪い行為ですか？　貴方の母君も喜んでいましたよ」

「違う。俺はあんたに借りを作るのが嫌なだけだ」

「ただの好意です。それ以上も以下もありません」

「……」

「貴方の目はいつも私を拒絶しようとしていますね。何故です？」

ベタベタと懐かれるのは困る。だが、野良犬でも可愛がればもう少し懐くものだ。なのに櫂との距離はいつまで経っても縮まらない。

その距離に、ミハイルは今までになく興奮していることに気づかされる。

「拒絶はしていない。面倒なだけだ」

強情な櫂に痺れを切らしたミハイルは、彼の首を掴んでシートに押し倒した。櫂は抵抗することなくミハイルを見上げ、睨み付けている。

本当に忌々しい男なのだが、だからこそ面白い。

「そんなにも借りを作るのが嫌だというのなら、代償を払うことですね」

「この手を放してくれたら、払ってやる」

「いいでしょう」

自由にしてやると、櫂はすぐさま身体を起こし、ミハイルの前に跪《ひざまず》いた。ムッとした顔をしているが、視線はミハイルのファスナーに注がれている。

「フェラチオが貴方の言う代償ですか？」

「足りないか？」

「私が求める快楽の本質は貴方と少しばかり違うようです」

「なら、どうして欲しい？」

「全部脱いで裸になりなさい」

「いいだろう」

櫂は衣服だけでなく、下着すら躊躇《ためら》うことなく脱ぎ捨て、裸になった。均整の取れた櫂の身体はいつまでも眺めていられるほど、芸術的なものだ。

ミハイルは櫂を後ろ手で拘束すると、こちらを向いたままテーブルを跨《また》いで座らせた。手枷には金具がついていて、彼の背後にあたるテーブルの下の輪っかと鎖で繋ぐ。

「……」

「到着するまでの間、私は貴方の素晴らしい身体を、ワインを飲みながら愛《め》でるつもりなんです。貴方の身体は贅肉《ぜいにく》がなく、そのくせしなやか。本当に素晴らしい……」

櫂の左右に思いきり開いている太股《ふともも》の筋肉は緊張していた。だが、晒け出された雄や双球はテーブルの上でだらしなく緩みきっている。

グラスにワインを注ぐと、くつろぐようにシートに座りなおし、櫂の裸体を眺めた。すると櫂は挑むような目をミハイルに向けてくる。

「……前の奴らに知られてもいいのか？」

「運転席からも窓からも見えないようになっていますから安心しなさい。ですが、貴方は恥ずかしがるようなタイプではないはずですよ」

「別に……恥ずかしいわけじゃない」

車窓にはスモークフィルムが貼《は》られているため、外からは見えない。運転席とこちらを遮る窓はマジックミラーだ。

それでもこちらからはすべてが見える。すれ違う車も、歩道を歩く親子も。そういった普通の人達に櫂は見られたくないのだろう。

「ああ……そういえば、父親が行方不明だと聞いていますが、どうなんです？」

ミハイルは車内に飾られていたクジャクの羽を手に取ると、櫂の乳首を撫で回した。迷惑そうに顔を歪めた櫂だったが、乳首は刺激にこたえて、ぷっくりと立ってくる。

チェリーのように赤く染まる尖りは、ほどよく焼けた肌とは対照的で、美しい。

「あんたに関係ない」

「貴方の足を引っ張っていた父親が消えた。楽になったのではありませんか？」

「……まさかあんたが手を回したとは言わないな」

可愛く頼まれたらどんな望みでも叶えてやっただろう。だが今の櫂は、ギリギリまで快楽に縛り付けた上でのみ、イカせてくれと懇願することはあっても、しらふで何かを頼むことはない。

なのに頼まれもしないのに、ミハイルが殺しの代行をしたと、櫂は本気で考えているのなら、過大評価のしすぎだ。

「私に望んだのなら叶えてやったかもしれませんが、貴方は何も言わなかった。そうでしたね」

「……ああ」

「だったら、私が手を貸すことなど、何もありませんよ」

「ならいい」

櫂は興味をなくしたように目を伏せ、身体に触れるクジャクの羽にも興味を失ったようだ。

「……貴方は、伊織組の若いチンピラとも仲良くしているらしいですね」

「ただの取り立て屋だ」

「実は、伊織組の若頭が、貴方のデビューステージを見て、興味を持ったようです」

他にも、一度目のステージのあと、いくつも申し出があったのだ。身請けしたいという者から、一夜の楽しみのために貸し出して欲しいなど。

他のスレイブなら考えたかもしれないが、櫂は違う。櫂はミハイルだけのスレイブだ。他の者に好きにはさせない。だが、櫂の気持ちはどうなのか、ミハイルは確かめておきたかった。

「それがどうした」

「櫂を数日貸し出してくれと依頼が来たのですよ。むろん断りましたが。伊織の組員が貴方に取り立てに行ってることは知らないようでしたね」

伊織勝敏《かつとし》。龍頭会《りゅうずかい》、ナンバーⅢの伊織組の若頭だ。薬や銃は扱わないが、ネット詐欺や、非合法な消費者金融の会社をいくつも持っていて、相当稼いでいる。今までに請われてカジノで雇っているスレイブを勝敏に貸し出したことはあった。

「伊織はいずれ貴方が誰なのか知るでしょう。私に断りを入れなくても、貴方を手に入れるカードを持っていることも知る」

「俺にそいつと寝て稼げと言うのか?」

「そんなこと誰が言いました」

クジャクの羽を逆向きに持ってその付け根を櫂の腹に押しつけた。細いストローにも似た羽の軸は、肌にうっすらと赤い筋をつけ、下肢まで移動させる。太股の付け根まで伝わせると、柔らかい双球を今度は突いた。

櫂の身体は刺激にビクリと波打つと、鎖が擦れる音が響く。

「……っ」

「たとえば、金を積まれたら貴方は誰とでも寝るのですか?」

「俺は男娼《だんしょう》じゃない」

ミハイルは羽の軸で執拗《しつよう》に櫂の双球を突き皮を引っ張った。刺激に敏感な場所は、徐々に快楽を櫂へと伝えて、呼吸を荒くさせる。

快楽を楽しむまでになるには、まだ櫂には時間が必要なのだろう。もっとも感じることに抵抗する姿を見るのも、いい余興だ。

「どれほど感じない振りをしても、身体は素直ですね。貴方のペニスはこんなふうに物でぞんざいに扱われても感じるのでしょう?」

「男の性《さが》だ」

ミハイルはさらに手に持つ羽を動かし、雄の切っ先にある尿道の口を羽の軸で突いた。さすがに痛みが走ったのか、櫂は目を細めて唇を噛む。

「私に何か望むことはないのですか?」

「……ない」

軸先で何度もチクチクと突いて刺激を与えてやる。すると櫂の雄は次第に勃起し、先端から蜜を滲ませる。雄は自身を小刻みに震わせ、中に蜜をため込んでいく。

ミハイルは雄の包皮を羽の軸で根元へ押しやって、瑞々《みずみず》しい果実を露《あらわ》にした。これほどまでに旨そうに雄の香りを漂わせる果実はないだろう。

「父親を捜してやってもいいですよ」

「必要ない」

剝《む》き出《だ》しになった雄の切っ先の窪《くぼ》みを羽で撫でると、櫂の雄は震え、尿道の入り口がクチュリと窄《すぼ》まった。

「借金を肩代わりして欲しいとは思わないのですか？」

「俺の借金だ。あんたには関係がない」

「つくづく、可愛げのない男ですね」

ミハイルは羽の軸にローションを垂らすと、櫂の勃起した雄にも同じように落とした。櫂はローションの冷たさに眉根《まゆね》を寄せる。

「何をする気だ」

「このまま、何時間も射精させずにいるのもいいでしょう」

ミハイルもテーブルに移動して腰を下ろすと、櫂の背に手を回し、彼の勃起した雄の先端に羽の軸を押しあて尿道の口を押し開くと、ゆっくり中へ突き挿れた。細い尿道を軸が押し広げる感触をじっくり味あわせるため、ミハイルは時間をかけてクジャクの軸を押し入れた。

櫂は苦悶《くもん》の表情を浮かべつつ、自らの尿道に入っていく軸を見下ろしている。

ローションの助けもあって、クジャクの軸は意外とすんなりと尿道の中に収まったものの、初めてのことに櫂は驚いたのか、異物に抵抗するようにずっと尻をもぞもぞと動かしていた。

だが、尻を動かせば動かすほど、軸は中に深く入り込んで痛みが走ることに、櫂は気づいていない。

「っ……つうっ……」

「消毒してありますから、感染症の心配はありません。カテーテルだと思えば、たいしたことないでしょう？」

「……」

十五センチほど入れたところで、羽の付け根が尿道の入り口に当たり、ミハイルは手を放した。

羽の軸を突き挿れられた燿は、腹の筋肉や太股を震わせながら、ミハイルを見上げる。

「これが、楽しいのか？」

「ええ。楽しいですよ」

双球を鷲摑《わしづか》み、何度も手で揉むと、燿は顔を歪ませて呻き声を上げた。快楽と苦痛が入り混じって苦悶する表情は、ミハイルの欲望を満たしてくれる。

「……っふ……う……く……！」

「知っていましたか。この口に蓋《ふた》をすると、射精ができないんですよ」

固く張り詰める雄を手の中で転がすと、そのたびに燿は呻き、尻を前後に動かす。彼の中で高まる射精感をどうにかしたくて自然と尻が動くのだろう。だが、燿がどれほど尻を動かしたところで、尿道に突き刺さっている羽の軸が邪魔をして、解放はされない。

「……っう……くう……」

燿の立った乳首をクリップで挟み、耳朶《じだ》を甘嚙みする。ミハイルの耳に響くのは燿の喘ぎと、手首とテーブルを繫ぐ鎖の擦れる音だけ。

「……あ……く……」

燿がかたくなな鎧《よろい》を脱いで素直になるのは、快楽を与えているときだけだ。正確には、燿が欲する快楽を制限し、身体をギリギリまで絞り上げているときだが。

猫撫で声で甘えてこられると、その他大勢と同じでうんざりしていただろうが、こうも懐かない櫂に、苛立ちを感じることもある。だからといって他人に渡す気にはならない。

「ここでは満足できませんね」

櫂はミハイルのものであることを、思い知らせなくてはならない。それには櫂自身に自覚してもらう必要があった。


尿道にクジャクの羽を突き刺されたまま、櫂はまばゆいステージへ上げられた。

足を大きく開かされた状態で、両膝を折り曲げて床につけて立たされた。手は後ろ手に麻縄で拘束される。

客席はライトが落とされているからステージ以外の場所は薄暗く、客達がどんな顔をしてこちらを見つめているのか、櫂には分からない。それでも肌を刺すような視線が常に向けられていた。

ドミネイトであるミハイルは櫂の斜め背後に、立派なレザーの椅子を用意させ、足を組んで座っている。

客の向ける視線より、背後から感じるミハイルの気配のほうが、櫂には現実だ。姿は見えないのに、強烈な存在感が発せられていて、背の表面が火に炙られているような、チリチリとした痛みを感じた。

ミハイルに見られていることを想像するだけで、身体の内側から熱いものが溢れてくる。こんな感覚を知ったのも、ミハイルに出会ってからだ。

ずっと前からそこにあったのか、それとも新たに生まれた感情なのか。身体の奥から湧き上がる熱くも強い感情は、怒りや恐怖といったものでなく、また幸せや悦びでもない。

「本日、こちらのスレイブには、すでにしつけを施しております。ですが……この程度では、しつけにはほど遠いようですね」

ミハイルは続けて小声で「縛れ」と部下のドミネイトに命じる。

レザーに身を包んだドミネイトは、麻縄を用意すると、櫂の身体に手際よく巻き付けて、縛り上げていく。皮膚に食い込む麻縄の感触はザラリとしていて、息苦しい。

「……っく」

首に巻かれた麻縄は、胸や腹、足の付け根まで拘束し、櫂の自由を奪う。男のこんな恰好を見て何が楽しいのか分からないが、客達は喜ぶ。

櫂は自分の情けない姿を見下ろして、奥歯を噛みしめた。

何度、金のためだ、家族を守るためだと自分に言い聞かせても、この姿には屈辱しか感じない。

苦痛や屈辱はいくらでも受け止められる。鞭で打たれようと、クリップで乳首を摘まれようと、鎖で吊られようと、耐えられる。だが、快楽は別だ。

「この反抗的なスレイブをしつけるには、さらなる屈辱と快楽が必要です」

部下のスレイブは退《さ》がったが、相変わらずミハイルは背後にいて、近づいてこない。今もまだ椅子に座り、麻縄で縛られ尿道に栓をされている櫂を眺めるばかりだ。

額に浮かんだ汗が頬を伝って顎の尖りで珠になる。奥歯が痛みを感じるほど強く重なるのは、背後からの刺すような視線のためだった。

さっさとやりたいようにすればいいのに、ミハイルは背後で乗馬鞭を振り、櫂の苛立ちに拍車をかける。

「……」

「さて……どのような方法がいいのでしょうか。私はとても悩んでおります。このスレイブは苦痛に耐える精神力がとても強いからです」

ようやく椅子から腰を上げ、こちらへ近づくミハイルの足音を耳にして、心拍数が上がる。

吐息すら聞こえない客席の理由は、ミハイルの行動に皆が目を奪われているからだ。ミハイルが次に何をするのか、瞬きしている間に見逃さないようにとでもいうように魅入っている。

「今宵《こよい》は快楽だけを与えて、しつけてみましょう」

ミハイルは櫂の背後に立つと、ローションの入ったグラスを傾け、右肩から左肩へと垂らした。生ぬるいローションはトロリと肌を伝い、下肢へと落ちていく。

その刺激に気を取られていたが、不意に背後から伸ばされたミハイルの手が乳首に触れて、身体がビクリと震えた。

「……っ！」

「まだとても柔らかい。じっくり刺激を与えてやれば、硬く尖ってくるでしょう」

指で摘んだり、揉み上げるように乳首を弄るミハイルに、權は後ろ手に拘束されている手に力を込めた。拳は手の平に爪《つめ》を食い込ませ、痛みが走る。その刺激によって、身体を快楽が支配するまで少し時間が稼げる。

そんな時間稼ぎなど無意味だと気づいているのに、抵抗するのをやめられない。

「……」

「感じているのでしょう、權。いいのですよ、感じて……」

薄い胸板をかき集めるようにして揉まれ、權は呻きのような声を上げた。男でも胸を揉まれると感じることを、ミハイルの手によって教えられた。

だが、女のように扱われると、ディルドを蕾に突き挿れられることより、腹が立つ。

自分は男だ。いくらミハイルのスレイブとして扱われたとしても、女ではないのだ。

「……っふ……う……」

「ただ、感じるのではありません。快楽を得て心を解放するのです」

ミハイルは自らも膝を折り、今度は權の雄に手を伸ばす。痛みを伴うほど勃起している雄には、今もクジャクの羽の軸が突き刺さっている。その状態で竿《さお》が擦られた。

「……くうっ……」

「……抵抗ばかりしていないで、私が言ったことをよく考えてみなさい」

ミハイルが何を言ったのか、痛みと快楽を交互に味わっている櫂には、すぐには思い出せなかった。

ここで彼の支配に抵抗する以上に、大事なことなどないはずだ。

自分が快楽に囚《とら》われ自我を失わないよう、一生忘れられない強烈な思い出を心から引っ張り出し、意識を他に逸らすしかない。

「……う……っ」

ミハイルの手が櫂の雄をリズミカルに扱く。射精感が高まる中、櫂は必死に記憶をかき分けた。

一生忘れられない思い出はなんだろう。

母親が助からないと医者から告げられたときだろうか。父親は声なく床に崩れ落ち、櫂は膝に置いた手を握りしめた。

櫂もショックだったし、母親が亡くなることなど信じられず、悲しみに囚われそうになった。が、母親の病室へ向かうことなく逃げ出した父親の、あまりの動揺した姿を目にし、逆に櫂は自分の悲しみに浸ることを許されなかった。会社が倒産した上に愛する妻までいずれ失う事実に、精神的に壊れていく父親まで受け止めなくてはならなかったのだ。

「……ひっ！」

クジャクの羽の軸がさらに押し込められて、尿道の口に羽の根元が擦れた。鋭い痛みが下肢から全身に伝わり、意識が現実に引き戻されそうになる。

が、櫂は痛みから逃れるよう、それを上回る記憶を引き寄せようとした。

「このような状態でも、別のことを考えられるとは……感心しますよ」

ミハイルの低くもよく通る声が櫂の耳に伝わり、身体の奥が震えた。彼の声は櫂の意識を現実にとどめ、快楽は意識の逃避を許さない。

ここで堪能《たんのう》し、ひたすら楽しめと櫂を誘惑するのだ。

「っ……あ……あ……く……」

「本当に、強情ですね。このスレイブは」

理性を虜《とりこ》にするような快楽に対抗できる、強烈な思い出などそうそうない。たいていは死が人にとって一番、強い記憶となるのだろうが、櫂にとって祖父母の死に悲しんだことすら、必死に記憶をかき分けてようやく思い出せた程度のものだからだ。

そう考えると、意外と幸せな人生を自分は送っていたことに気づかされる。

玉を手の中で重ね合わせるようにして揉まれた櫂は、快楽に顔を歪めた。

「……っ」

ミハイルが櫂を弄ぶその手が、やけに優しく感じられて、達したくて仕方がないのだ。この男は櫂が隠したい気持ちを、櫂自身も気づかなかった官能への欲求を、いとも簡単に見つけて暴く。

必死に理性を保とうとするのは、そんな自分が怖くてたまらないからだ。

「っ……はっ……あ……っく……」

「快楽を味わいなさい……もっと……もっとです……」

何故、こんなにもミハイルの声が甘美に聞こえるのだろうか。

人を堕落させる悪魔にも似た、美しき夜の帝王。快楽への誘いにここまで逆らおうとした人間がいたのだろうか。

「はっ……っ……あ……」

この羞恥を糧にするのだ。自分を知る誰にも話せない恥ずべき行為がどれほどであろうと、耐える価値があるのだ。

離れていった親戚も友人も知り合いも、誰も信用ならない。頼ることができるのは自分だけ。

どんなことをしても金を稼ぎ、家族を繋ぎ止める。

「……あ……くっ……」

「玩具ではなく、私の指で味わってあげましょう」

櫂は後頭部を床に擦りつけるように身体を折り曲げられ、尻が突き出た形で突っ伏した。ミハイルは尻の谷間に手を伸ばし、ローションで濡れた蕾を指先に捉える。

二本の指はクチュリと音を立てて蕾に沈み、中で弧を描くよう動かされた。雄と違い詰まった感じはしないが、指先の繊細な動きが快楽のつぼを捉え、執拗に攻めてくる。

身体が何度も襲ってくる快楽の波に呑《の》み込まれそうになっていて、川で溺れる犬のように、櫂は喘いでいた。

「……っう、あ……あ……」

「耀、この感覚を覚えておきなさい。どこがより感じて、快楽への引き金となるのかを」

ミハイルの声が腹の下辺りに響く。尿道に蓋がされていなければ、何度射精したか分からないほど、絶頂の一歩手前を味わっていた。

射精ができないのは拷問に近い。身体に快楽が蓄積されるばかりで、解放されないからだ。

何故これほどまで、耐えなくてはならないのだと、自分自身が選択した抵抗に疑問を感じてしまう。

だがどうしても嫌なのだ。快楽に堕ちるということは、今の自分の置かれた現実に負けた気がするからだろう。

「あっ……あ……あ……」

「いい場所を覚えたら、私の手がなくて寂しいときでも、自分で慰めることができるでしょう」

どうしてこの男の声はこんなにも官能的なのだ。指から伝わる明らかな刺激にも愉悦を感じるが、耳から伝わり、身体の芯を揺さぶるミハイルの囁き声は、泣き出したくなるほど、たまらない。

「っ……く……う……」

「ここでは私がドミネイト。貴方の支配者ですよ。支配されることに悦びを感じるのがスレイブの宿命。それを受け入れても貴方自身は何も変わらない」

本当に何も変わらないというのだろうか。耀自身、ミハイルに出会ったことですでに何かが変わった気がしているのに。

ここで快楽を受け入れたら、どれほど楽になれるのだろうか。

死を目前にした母親のことも、ギャンブルにのめり込むことでしか現実逃避できない情けない父親のことも、背負いきれない金額の借金のことも、今だけ忘れることができるのだろうか。

誰も救いの手を伸ばしてくれないこの残酷な現実から逃避できる一瞬が得られるのだろうか。

「……っう……うっ……あ……」

もう下腹部が破裂しそうなほど、射精感が高まっている。頭の芯が疼き、目の奥が熱くなっていく。目にはうっすらと涙が浮かんで視界は霞《かす》み、噛んで切れた唇からは血が滲み、嫌な味が口内に広がった。

今だけ。ほんの一瞬、すべてを忘れていいだろうか。

「さあ、櫂。自らを解放なさい……」

ミハイルの手がクジャクの羽を櫂の雄から一気に引き抜き、精液が迸った。

視界が真っ白に染まり、重くのしかかっていた責任がこのときばかりは失われ、櫂は未だかつてない幸福を感じた。

朝からすでに部屋の温度は上がっていて、忌々しい夏の暑さを肌に感じながら、燿は団扇《うちわ》を扇《あお》いで煙草を吸っていた。皮膚にまとわりつくじっとりと滲んだ汗が、気怠さに拍車をかける。シャワーくらい浴びたいが、水道代を気にして使えない。

湿気の多さに食欲も失せ、口にくわえるのは煙草ばかりだ。

「……今日は暑いな……」

ボンヤリしているとすぐさま思い出されるのは、先週末の出来事だ。

リムジンの車内でミハイルの手によって、さんざん身体を弄られたあと、闇カジノのステージに引きずり出された。

ステージではクジャクの羽を尿道に突き刺したまま縄で縛られ、腹や背を鞭打たれながら射精を強要されたのだ。最後には滑車に吊られて、玩具で蕾を穿たれ、射精を止められる。

客達は美しきドミネイトのミハイルに魅入られつつも、身悶える燿の姿に股間を熱くしていた。

金を有り余るほど持った人間は、まともな催し物に飽きているのだろうが、舐《な》めるような視線を感じると、身体の奥が熱く焦れた。

はやし立てるような声は響かない。息を呑む緊張した空気や、感嘆のため息が時折耳に入ってきて、燿の羞恥心をくすぐるのだ。ステージで王のごとく振る舞うミハイルは、燿を支配し屈服させようとして、成功を収めていた。

身体はますますミハイルの思いどおりに変化させられていく。客の視線に快楽を感じるようになり、ミハイルの手が触れなければ興奮しなくなるほど。

限界を試すあらゆる行為の連続。このままではまともなセックスができなくなるに違いない。それほどミハイルが櫂に与える快楽は日常からかけ離れたものだったのだ。

ステージの上で櫂は確かに解放された気になれた。あらゆる悩みから、そして苦痛から。現実世界を超越した場所に存在し、空高く浮遊した場所から見下ろしていたような、感覚。麻薬でも打たれたのかと勘違いするほど、櫂は確かに高みに存在した。

それを可能にしたミハイルは、人の姿を借りた、美しきメフィストだ。甘い言葉で近づき、理解者のように振る舞い、人間の魂を得ようとする。

身体を裂くような痛みも、脳を麻痺させるほどの快楽も、ミハイルは思いのままに操るのだ。

快楽のポイントを知り尽くしていて、どれだけ心を石にしようとも、いつしか櫂を淫らによがらせ、最後には懇願させるのだ。

「……怖い男だ」

ステージに立った後、精も根も尽き果てる。どれほど腹が空いていても、食事をする気にならず、シャワーもおっくうになるのだ。

あの日の稼いだチップは七十万。前回より上がったのは、ステージに立たないはずのミハイルがドミネイトとしてスレイブをしつけることを聞きつけた客が、そのときだけカジノの方から流れてくるようになったからだそうだ。

馬鹿なことをしていると自虐的になりながらも、渡された金の重みに慰めを求める。

これも母親のためだ。すべてが終わればこんな世界から足を洗って自由になるのだと、自分に言い聞かせるが、本当にそう上手く行くのか、櫂には分からない。

短くなった煙草を灰皿に押しつけ、櫂はまた新たな煙草を手に取った。けれど今度は火を付けずに、指の間に挟んで弄ぶ。

「ミハイル……か」

莫大な借金を抱えたことを知った親戚は、蜘蛛《くも》の子を散らすように姿を消した。友人も同じ。もっともひっきりなしに胡散臭《うさんくさ》い取り立て屋が来るような家に近づきたい人間はいないだろう。

ミハイルだけは違う。櫂のテリトリーに無遠慮に足を踏み入れて、悪びれない。

櫂がどんな状況に立たされていても、あの男には関係がないのだ。

ミハイルが側にいると、激しい緊張が常につきまとう。できるだけ距離を取り、自我を保つことに集中していないと、あの男に取り込まれそうな錯覚に陥るのだ。

ミハイルは櫂をどうしたいのだろうか。

櫂にとって必要な仕事だけでなく、服や食事を与えてくれる。仕事場に様子を見に来たかと思ったら、母親の病室に当然のように立っていた。

あのときの母親の笑顔が忘れられない。入院してから一度も見せたことのない笑顔を、母親はミハイルに向けたのだ。

綺麗に化粧をしてもらい、髪を整えてもらった母親は、少女のようなはにかんだ笑顔を浮かべた。今後もあれほどまでに輝いた笑顔を見ることはないだろう。

ただ、確かなのは、ミハイルにとってあれはあくまで見せかけの優しさであって、そこに同情や憐《あわ》れみは存在しないということだ。

俺を……懐柔しようとしているのか。

何故、あの男は櫂にそれほどまでにこだわるのだ。カジノには櫂より見た目のいいスレイブが何人もいる。また、ミハイルに恋心を抱いているスレイブもいた。隣に立っていれば似合いだろうと思われる女性客がミハイルに何度もすり寄っては、やんわりと拒絶されている姿も見てきた。

だがミハイルはどういうわけか櫂ばかりを目で追っている。あの明るい緑色の瞳には、いつだって櫂の姿が捉えられ、映されているのだ。

そんなミハイルのあからさまな視線に他のスレイブ達が気づかないわけはなく、控え室で向けられる容赦ない嫉妬と羨望の眼差しは、櫂を不要に苛《いら》つかせる。

知性と美貌に恵まれ、成功者でもあるミハイルが、櫂のような人間に執着するのはおかしい。きっと知ればゾッとするような、賭け事の対象にされている可能性もあるのだ。

一体、どういうゲームに参加させられているのだろうか。

「……あ……」

ボンヤリ思考の波に浸っている櫂を、携帯電話の呼び出し音が現実へと引き戻した。

「滝野です」

『こちらは、北警察署です。滝野哲治《てつじ》さんのご家族の方ですね？』

「はい……俺は息子ですが……親父がどうかしたのですか？」

『哲治さんが事故に遭われまして、こちらへ来ていただきたいのですが』

「親父が事故⁉」

二週間以上、姿を見せないため、さすがに心配になっていたことは確かだ。けれどどうせあちこちの賭場を渡り歩いているのだろうと考えることで、自分のしなければならないことに集中していた。

だが、本来なら心配して当然の状況だが、父親の無事より入院されるとさらに金がかかるという心配が櫂を憂鬱《ゆううつ》にさせる。

『ええ。ひき逃げに遭われたようで。すでに死亡が確認されています』

「……死亡？　死んだのですか？」

『事情を説明させていただきますので、警察署へできるだけ早くお越しください。担当は……』

父親が死んだというのは何かの間違いだろうと、電話を終えてからすぐさま警察署に向かった。

そこで、二週間ほど前、朝早く道路脇に死んでいたのが見つかったこと。車に撥《は》ねられたと思われるのは、夜半過ぎで目撃者もなく、今のところ車両の特定もできていないことを聞かされた。

櫂への連絡が遅れたのは、父親は身分が分かるものを何も所持していなかったからだそうだ。すでに司法解剖をおえ、身元不明で市役所へ回された。遺体の傷みが激しかったこともあり、役所の判断で火葬され、無縁仏として寺に預けられた。その後、衣服を処分する際に、靴の中から携帯番号の書かれた紙とそれに包まれた僅かな金が出てきたため櫂の携帯に連絡を取ることができたらしい。

櫂は警察署で手続きの書類に記載してから市役所に向かいそこでもまた書類を書き、最後は寺へと向かい書類を渡してようやく遺灰の入った木箱を受け取って、実感のわかないまま寺を出た。

太陽はジリジリと肌を焼き、目眩《めまい》がする。

木箱を持つ手が汗ばみ、階段を下りる足取りも心許《こころもと》ない。母親が亡くなることは覚悟はしていたが、父親が先に逝くとは想像もしなかったからか、そのすべてがこの木箱に入っているという実感がわかない。

靴の中に隠していた櫂の携帯番号が書かれた紙。それに包まれた皺だらけの千円札は、たとえギャンブルですべての持ち金を奪われ一文なしになったとしても、家に帰るためのものだったのか。

そう、父親は家に帰りたかったのだ――。

「櫂」

不意に名前を呼ばれて顔を上げると、見知った黒塗りのリムジンが停まっていて、セルゲイが後部座席のドアを開けて立っていた。

開いた扉の向こうに、ミハイルがシートに座って手招きしている姿が見える。無視してもよかったが、セルゲイがまた名を呼ぶので、仕方なしに近づいた。

「どうしてあんたがここにいるんだ」

「情報通なだけですよ。乗りなさい」

今は逆らう気にもなれない櫂は、促されるまま乗り込み、シートに座った。

ここにミハイルがいるということは、櫂の父親がどうなったのかもすでに知っているに違いない。

本当にミハイルは恐ろしい男だ。

「貴方が望むところへ向かいますよ。行きたいところはありますか？」

「……家に帰る。行くところも知らせる相手もいないからな」

櫂がそう言うと、ミハイルは内線で行き先を運転手に告げ、車は速やかに走り出す。

しばらく沈黙していると、ミハイルが先に口を開いた。

「いろいろ時間が必要でしょうから、今夜のステージは休みなさい」

「気を遣ってくれてるのなら、不要だ」

「心ここにあらずの貴方に、無様なステージにされるのが目に見えているからだけです」

「……そうだな……分かった」

確かに今は、何もかもが現実離れしているように見えて、足下がふわふわと浮いた感じがする。これではステージで何をされても、鈍い反応しか返せないかもしれない。

もっともミハイルの手にかかれば、どんな状態であっても、櫂は淫らになれるだろうが。

「父親を亡くして、貴方は悲しんでいるのですか？」

「……借金を増やすしか能のなかった父親だ。どうでもいい」

「口で言うほど、どうでもいいように見えませんが」

「かもな」

いつもなら反論していたのだが、そんな気にもなれない。今は早く家に帰って、一息つきたいのだ。昔の家とは違い、狭くて汚いアパートに早く帰りたいと本気で思うのは、あんな場所であろうと燿にとって唯一、安心できるところだからだろう。

ミハイルはアパートに着くまで話しかけてくることなく、クリップに挟んだ書類に目を通しては、サインをしていた。

三十分ほどでアパートに着き、燿はミハイルのリムジンを降りた。普通なら、背を向けたら振り返りもしないが、今日は違った。

「……」

「何です？」

「いや……何でもない」

昔から、誰かに家まで送ってもらったら、そのまま帰さずにお茶の一つでもごちそうしなさいと母親に言われて育った習慣が、燿を振り向かせたのだ。

けれどあの部屋は人を呼べるような場所ではない。しかも相手はミハイルだ。

「じゃあな」

「……ここまで来たのですから、貴方の住む部屋を訪ねてもいいかもしれません」

「快適さは皆無だ。いいのか?」

「そのような心配は不要です。では、お茶をいただきましょうか」

ミハイルは優雅な動作で車から降りると、セルゲイを残して、櫂のあとを追ってきた。

危なっかしいはずの階段も、ミハイルは難なく上がり、周囲を見回している。

とても不思議な光景だったが、ホコリっぽく雑然とした櫂の部屋に入ってもミハイルは顔色一つ変えない。

盗られるものもないため、窓はいつも開けっ放しにしている。もともと風の通りはいいため、蒸し風呂にはならず、夏とはいえど過ごしやすい室温になっていた。

櫂はキッチンに立ちながらもミハイルの行動を追っていた。彼は、勝手に万年床を端に追いやり、すぐさま自分の場所を確保すると、まるで主《あるじ》のような顔で座る。やはりミハイルはどこにいてもミハイルだ。

櫂は冷蔵庫からペットボトルを取り出すと、グラスに注いで小さな丸テーブルにおいた。

「文句はなしだ」

「最初から期待をしなければ、文句も出ませんよ。それより貴方はどうしてキョロキョロしているのです」

「いや……ただ、似合わないと思っただけだ」

「どういう場所なら似合うのです?」

「芸術品や高級品に囲まれてるほうが、あんたらしいな」

「それは貴方の思い込みですよ。もっと酷い場所を私は知っています」

ミハイルは荒れたことのないように見える滑らかな指でグラスを摑むと、中のお茶を一口飲んで、テーブルの上に戻す。

「悪い……そんなつもりはなかった」

「なんです。今日の貴方はキレがありませんね」

「……そうだな……俺は……いや、いい」

確かに今日は自分でもおかしいと感じている。父親の死がこれで堪えているのかもしれない。だから相談するには一番不適切な相手を目の前にして、胸のうちを少し明かしたい気に駆られている。

相手が悪い。やめておけと、理性は警告しているのに、櫂はあろうことか迷っていた。

「聞かせてください」

ミハイルの微笑に櫂は背中を押されるように、言葉を発した。

「……ギャンブルに取り憑《つ》かれてどうしようもない親父だった。だが、いい親父だったときもあった。会社が潰れず、ギャンブルに溺れていなかったら……もう少しまともだったろうな」

どこかで働き者だった頃に戻ってくるかもしれないという希望も僅かながらに持っていた。過去と現在の姿があまりにもギャップがありすぎたからかもしれない。

何もかも失い、転落してしまった人生には同情もする。けれどいつまで経っても、いじけてしまった自分から立ち直ることができず、ギャンブルで借金を増やし、病気の妻を見舞うことすらできなくなった父親に、息子としてどれほど幻滅したか。

迷惑をかけるくらいなら死んでくれと願いつつも、櫂には見捨てることができなかった。

「親父の死を願ったこともあった。俺が……願ったから、親父は死んだと思うか？」

「願うことで叶うものなど何もありません。行動することで叶う願いはありますが」

「……そうだな」

どうしてこんな口にしてもどうしようもないことをミハイルに話しているのか、自分でも分からない。だいたい、ミハイルをアパートに招待するなど、いつもの櫂なら絶対にしないことだ。

櫂は確かに父親の死に喪失感を持っている。だから誰でもいいから話を聞いてもらいたいのか。もしかすると心のどこかでミハイルを頼っているのだろうか。

自分でもよく分からない。

何が正しい選択で、どれが間違った決断なのか。境界線はいつも曖昧《あいまい》で、櫂を悩ませる。

「母上には知らせましたか？」

「……いや」

「何故です？」

「知らずに死んだほうが母さんのためだ」

毎日痛みと闘う母親に、これ以上の苦しみを与えたくなかったのだ。だが、ミハイルは櫂の考えに否定的なのか、頭を左右に振る。

「何だ」

「それはどうかと思いますよ」

「母さんはもう長くない。親父が死んだことを知らせて、ショックで更に寿命を縮めることはないだろう。知らずにいたほうが幸せだ」

「それは貴方のためなはずですよ。苦しむ母親を見るに堪えない櫂……貴方の気持ちの問題でしょう」

ミハイルの鋭い視線が櫂の目を射貫いている。櫂も気づかなかった、心の底にある本当の理由を、ミハイルは残酷にも引きずり出す。

父親のことだけでなく、今の本当の状況を知れば、母親は苦痛と苦悩で壊れてしまうかもしれない。けれど、もし自分が母親なら、嘘より真実を知りたいと願うだろう。

打ち明けられないのは、確かにミハイルの言うとおり、櫂自身の問題が大きい。

「……もう、帰ってくれ」

「まだ飲み干していませんよ」

「分かってる。だが……頼むから、俺を一人にしてくれ」

次にミハイルがどんな言葉を櫂の中から引きずり出すのか考え、急に恐ろしくなった。

自分でも気づいていない、誰にも認められないであろう、櫂の本音。そっとしておいてほしいと願っても、ミハイルは容赦なく引きずり出すだろう。

今の櫂にはこれ以上受け止められないだろう事実を。

「今日は誰かが側にいたほうがいいでしょう」

「どうして俺に構うんだ」

「もう少しここにいたら、貴方がだらしなく泣く姿が見られるかもしれないと、私は期待しているだけです」

酷薄な笑みを浮かべ、ミハイルはグラスの縁を撫でて、櫂の反応を窺っている。どこか楽しそうにも見える表情に、櫂はムッとした。

「……誰が泣くか。いいからさっさと飲んで帰れ」

「貴方がここに帰る理由はなくなりましたね」

「だから？」

「私の家に来なさい。ベッドでゆっくり眠ることができますよ」

ミハイルは本気のようだが、いきなりの提案に櫂は戸惑いを隠せない。

「いや……いい」

「櫂、ここを引き払ってしまえば、かかっていた家賃も借金返済に回せるはずです」

「……確かにそうだ」

返事を濁す櫂に、ミハイルはグラスのお茶を一気に飲み干し、立ち上がる。

「では、行きましょう」

「……今すぐ……か？」

「ここは長居できる場所ではないですからね。辛気くさいものは置いていきなさい」

ミハイルの言葉に押されるよう、一度は立ち上がった櫂だったが、冷蔵庫の上にぽつんと載っている木箱を振り返り、呟《つぶや》いた。

「……今日のところは……遠慮する」

「気が変わったらいつでも来なさい。貴方のために鍵《かぎ》を開けておきます」

ミハイルは無理強いすることなく、ただそう言うと、部屋から出て行った。

櫂はいつものようにキッチンを背にして座り、煙草に火を付けた。漂う紫煙が目に沁みて、涙が浮かぶ。だが、外の木にとまっている蟬《せみ》の音が響きはじめて、身体を覆っていた孤独感が少しだけ和らいだ。

ミハイルの提案を受け入れて、彼の家に行っていたら、どうなっていたのだろうか。あの寝心地のいいベッドで毎日目覚め、旨い料理にありつけたとでもいうのか。

驚くべきことに、父親の死を知らされたとき、頭に過ったのはミハイルの顔だった。

櫂には頼れる相手がいない。何かあったとき相談できる相手も。

けれど、ミハイルならどんな問題も解決してくれるという、確信があった。

櫂の体験したことのない、本当の地獄をミハイルは見てきたはず。そこを生き抜いたからこそ、彼の放つ支配者たるオーラはすさまじく、誰もが彼の前ではひれ伏すのだ。

もちろん、ミハイルに対する得体の知れない恐怖は今もある。だから近づきすぎないよう距離を取ることを、何度も自分に言い聞かせてきた。

なのに、家に来いと言ってくれたミハイルの提案をすんなり受け入れそうになった。

父親を失ったことで、気弱になっているのだろう。

二十歳に満たない櫂が背負うには、大きすぎる借金と、責任だ。せめて父親がこの苦境に負けずにがんばってくれていたなら、もう少し状況はましだっただろう。けれど父親は自らの責任を放棄し、櫂に丸投げした。

櫂も丸投げをしようとすればできた。けれどこの家族を繋ぎ止められるのは自分だけしかいないこともまた、理解していた。

だから必死に働いて少しずつ借金を払い、母親に嘘をついて、ろくでなしの父親の面倒も見てきた。それが自分の務めだと信じて疑わなかったからだ。

反面、誰かに力になってもらいたい、苦痛から守られたいという欲求が櫂にはある。終わりのない重圧から解放されたいと、何度願ったか分からない。それでも家族を守るため、投げ出さなかっただけだ。

そして今も投げ出す気はない。ここで逃げ出せば父親と同じになるからだ。

櫂は煙草を灰皿に押しつけると、床に足を伸ばして目を閉じた。

犬小屋のほうがましだろうという、櫂の住むアパートから出たミハイルは、リムジンに乗り込んだ。シートに深々と座り、櫂のことを思い出して、微笑が浮かぶ。そんなミハイルに、隣に座るセルゲイが気づいて口を開いた。

「どうされました？」

「不思議なことだが……櫂がとても愛《いと》おしく感じる。私がこんな気持ちになるとはな」

ミハイルの言葉にセルゲイは眉間に皺を寄せ、細いフレームの眼鏡を正す。

「私がこんなことを口にすると、おかしいか？」

「いえ……」

「借金しか作らないろくでなしの父親など、死んでいいはずだ。喜ぶなら分かるが、櫂は戸惑い悲しんでいた。精いっぱいの虚勢を張りながらもな。なんとも可愛いじゃないか」

「家族が大切なのでしょう」

「ああ、櫂は家族を絶対に見捨てない。どれほど自分にとって邪魔で足を引っ張る存在であってもな。私にはない感情だ」

家族の絆《きずな》より、金の繋がりの方が信頼できる世界にいるミハイルにとって、櫂は驚くべき存在なのだ。どれほど父親に裏切られても、櫂は僅かな期待にしがみつき、家族という絆をどうにか繋ぎ止めようとしているのだ。

ミハイルが早々に捨てた感情を、櫂はずっと持っていて、決して放そうとしない。そこがまた惹かれるところでもある。

「櫂が懐くとお思いですか?」

「さあな。今のところは甘やかして快楽を与え、私だけは味方だと根気よく刷り込んでいるところだ。母親が死ねばもう少し懐いてくるだろう」

母親も死に独りぼっちになったとき、櫂は思い知るだろう。誰が側にいて支えているかを。

櫂の性格から、子犬のように甘えてくることはないだろうが、少し角が取れて可愛げが出てくるはず。それで充分だ。

急ぐ必要はない。時間はたっぷりあって、櫂は手の中に捕らえている。

ミハイルが機嫌をよくしている隣で、セルゲイは電話を受けていた。

「……はい、しばらくお待ちください」

「誰だ?」

「伊織組の若頭からです。今からお会いしたいと」

「どうせ櫂のことだろうな」

やんわりと断っているのだが、勝敏は櫂に執心しているようで、どうにかして手に入れたいと考えているようだ。

いつもなら直接交渉しているのだろうが、ミハイルのカジノで雇っているため、それができない。しかもミハイルがいい返事をしないので、向こうも苛立っているはずだ。

「……どうされます?」

「いいだろう。一時間後、カジノの事務所へ来るよう、伝えてくれ」

今度は、櫂の件で二度と電話をしてこないよう、通告するしかない。もっとも、危惧《きぐ》しているカードを出されると、少々やっかいだが。

三十分ほどでカジノへ到着し、ミハイルは事務所で勝敏がやって来るのを待った。

「ミハイル様、伊織勝敏様がいらっしゃいました」

「ああ、通してくれ」

勝敏は部下を二人引き連れて部屋に入ってくると、扉に部下を二人立たせたまま、自らはセルゲイに促されてソファに座った。

彼は精悍《せいかん》な顔立ちをしているのだが、笑うと目尻《めじり》が下がる。スーツが嫌いらしく、ジーンズと濃い色のシャツを好んで着ていて、一見すると好青年に見えた。

だが、嘘は空気を吸うように自然につき、男女とも数え切れないほどソープに沈めてきた。セックスの嗜好《しこう》は残酷で、あまりいい趣味を持っていない。

勝敏に派遣できるスレイブは、よほど慣れたMでないと、一晩保たずに壊してしまうほどだ。

「すみませんねえ、お時間をいただいて。父にきつく言われているんですよ。シェフチェンコさんには迷惑をかけるな……と」

「いえ、構いませんよ。それで、どのようなご用件なのでしょう」

「以前もお聞きした滝野櫂のことですよ。実は彼の父親がうちにかなりの借金を積んでいることを知りましてね……」

「ええ、存じておりますよ」

ミハイルの言葉に、勝敏はこちらが知っていた事実を隠していたことに腹を立てたのか、眉間に皺を僅かに寄せたが、すぐさま表情を取り繕った。

「なら、話は早い。借金を滝野自身に返させたいと思っているんですよ。ただ、そちらのカジノでも働いているようですから、一応、耳に入れておこうと思いましてね」

「うちで働く者に手を出すことは、取り決めで禁止しているはずですよ。おや……組長であるお父上から聞いていらっしゃらないようですね」

勝敏は身を乗り出すようにして手を組むと、不敵な顔でミハイルを見つめる。

「関わりを持ったのはこちらが先だ。滝野をどうするかの権利は俺にあるはず」

「では櫂の父親がそちらで作った借金をすべて私が清算しましょう。それでよろしいですか?」

「借金をシェフチェンコさんに肩代わりしてくれという話ではないんだ。滝野の借金は滝野に清算させる。これはうちと滝野の問題だから、本来はそちらへ話を通す必要はないはずだ」

確かに勝敏の言うことも筋が通っているが、櫂はすでにミハイルのカジノで働いている。それが借金の前だろうが後だろうが、すべての決定権はミハイルにあるのだ。

「滝野櫂はうちの人間。オーナーの私が保護すべき者です。この場合、どのような理由も事情も通用しないことを、ご存じないようですね。お父上に詳しく聞かれるとよろしい」

「おい、何様のつもりだっ！」

扉のところで立っていた勝敏の部下が一人、怒鳴ってこちらへ駆け寄ろうとしたが、セルゲイに倒され、床に押しつけられた。

勝敏は頭の悪い部下を連れてきたようだが、暴れさせてこちらの出方を見ようとしたのかもしれない。ならば思ったほど馬鹿ではないのだろう。

「……おい、ここで面倒を起こすな」

「若……すみません」

「すみませんね、うちの若い者が騒がしくして」

「気にしておりませんよ。もっともあまりにも騒がしくされるのでしたら、ここがどういう場所なのか、それなりにしつけさせていただきますが」

声を荒げた組員はセルゲイによって立たされ、扉の方へ戻される。けれどミハイルが冷淡な笑みを向けると、一瞬にして青ざめた顔をして、後じさった。

「それはこちらで。……話は戻りますが……」

「滝野櫂の話はすでに結論は出ておりますよ。セルゲイ」

ミハイルはすでに話を終えた。堂々巡りになる話を繰り返すのは時間の無駄だ。だが、勝敏は不満なのか、セルゲイに立つように促されても、動こうとしなかった。

「……伊織様、どうぞお引き取りを」

「待てよ。俺はまだ……」

「ミハイル様はすでにお話を終えられました。どうぞ、お引き取りください」

セルゲイに、半ば強制的に立たされた勝敏だったが、渋々という表情で帰っていった。もっともこれで引き下がるような男ではないことに、ミハイルは気づいていたが。

「よほど櫂が気に入ったようだ」

「あれで引き下がるようには思えないのですが……」

「だろうな」

勝敏がミハイルの目の届かないところで、強硬な手段を取る可能性がある。拉致《らち》して知らぬ振りを決め込むこともできるだろうからだ。ここはやはり櫂がどれほど嫌がったとしても、ミハイルの家に住まわせる方がいい。櫂の身を守るためには必要な処置だ。

「仕方ない。向こうからやってくるのを待つつもりだったが、そうもいかないようだ。櫂が住んでいるアパートを畳ませるしかないようだ。それでも素直に出ないなら、少々手荒に扱ってもいいが、傷は付けるな」

「分かりました」

セルゲイはすべてを心得たように一礼すると、部屋を出て行った。

「燿……貴方は私の心を……甘く乱す……」

自分でも信じられないほど、燿にのめり込んでいる。

彼を日々愛おしく感じる自分に驚きながらも初めて味わう感情に、ミハイルはとても満足していた。


燿が宅配のアルバイトから戻ってくると音を聞きつけて大家が出てきて、申し訳なさそうな顔で一枚の紙を差し出した。用紙には、アパートの取り壊しが決定したため、住民は来週末までに出て行くように書かれていた。

「……取り壊しですか」

「燿ちゃん、ごめんね。なんでもここに大きなマンションが建つって話で……仕方ないんだよ。もうずっと売りに出していた土地だし、売れたらすぐに出て行ってもらうことを条件に格安で貸していたしね。こういう場合、本当は引っ越し費用や立退料をこちらが用意するんだろうけど、滞納していた家賃で相殺にしてあげる。あんたにとってもそっちの方がいいだろうし。とにかく期限を守って出て行ってちょうだい」

一気にまくし立てるように言われ、櫂がすぐさま返事ができないでいると、大家はさらに続けた。

「あ、そうそう。餞別《せんべつ》に段ボール箱を玄関の前に置いてあるから遠慮なく使ってちょうだいね。今、大事なのは大型ゴミの回収は毎週の月曜だってことだよ」

「……分かりました」

ここの家賃は破格だが、狭いだけでなく雨漏りや隙間風《すきまかぜ》もある。

建物自体が歪んでいるのか、扉は完全に閉まらない。共有の通路は歩くたびに甲高い音が鳴り、階段の手すりは左右に動いて、危険だ。

もっと早くに建替えの話があってもおかしくないアパートだったが、いざ出て行けと言われても、行く当てがない。

それでも取り立て屋が玄関を蹴りすぎて穴を開けたときや、二階の通路へ上がる階段の一つを踏み抜いて破壊したときでも、大家から修理費用を請求されなかった。トラブルには首を突っ込みたくないという理由からだったとしても、櫂は感謝していたのだ。だからここで居座り、大家を困らせることはしたくない。

櫂は慎重に二階へ上がると、扉の前に立てかけてある段ボール箱を手に取り、部屋へ入った。

抵当に入っていた自宅は金になるものは、すべて銀行に差し押さえられた。それでもいくつかは段ボール箱に詰めて、持ち出したのだ。

けれど、ここに居住まいを替えてから段ボールの箱は押し入れに放置したまま、一度も開けなかった。当時は大切だからと持ち出したが、実は不要だったのかもしれない。

そのまま段ボールごと捨ててもよかったのだが、とりあえずもう一度中身を確認してからにしようと、櫂は押し入れから段ボール箱を出そうとした。が、持つ手が滑って、箱の中身を床へ盛大にぶちまけた。

「……これは母さんのだ」

自宅を追い出されたのは母親が入院した後だ。そのとき、母親が大切にしていた化粧道具や衣服くらいは退院後渡してやりたいと考え、櫂が持ち出していた。

今はもう、戻ることのない母親の持ち物を、残しておいても仕方はないのだろうが、やはり捨てる決心はつかない。

櫂が散らばった衣服などを段ボール箱に戻していると、見知らぬ包みが転がっていることに気づいた。化粧箱の底が落ちた衝撃で割れ、そこから飛び出したようだ。

薄い茶色の布包みを開くと、中から保険契約書の控えや約款、印鑑などが出てきた。

「親父名義か」

生命保険の類は早い時期にすべて解約していた。毎月の支払いができなくなったのもあるが、すべて父親が解約し、負債の返済に充てたのだ。なのに一つだけ残されているのは、この保険のことを父親が知らなかったからに他ならない。

約款を読むと、契約時に一千万円を支払い、死亡すると全納額の二倍の保険金が下りるという保険だった。

　では、保険会社に連絡して手続きをすれば、二千万が手に入るということだ。

　櫂はすぐさま記載されている保険会社に電話をかけた。

「すみません、滝野櫂といいます。父親が……滝野哲治が入っていた保険について窺いたいのですが……はい、はい……いえ、先日事故で亡くなりました。保険に入っていたことを知ったのは、ついさっきで……」

　保険会社の担当者は櫂に似たような質問を長々と繰り返し、うんざりして耳が会話を拒否しそうになる頃、ようやく用意するべきものや、支払いの方法を伝えてきた。

「……分かりました。明日の夕方には代理店の方へ書類をいただきに参ります」

　通話を終えた櫂は、改めて契約書を見下ろした。文字をだらだらと読んでいると、契約した日付が五年も前のものだと気づいて驚く。

　父親の事業が上手くいき羽振りのよかった頃だ。金もあったことから、母親がこの先のことを心配して契約したのだろうか。

　もっとも、本当はどんな経緯でこの生命保険を契約したのか、母親に確かめることはできない。

　櫂が手の中にある二千万円の証書を眺めて、冷えた心が少しだけ温まったような気がしていると、いきなり玄関の扉が激しく叩かれた。

　取り立て屋だと気づいた櫂は、すぐさま手に持っている証書を胸ポケットに入れて隠した。

「滝野っ！　てめえ、いるのかっ！　借金返済はどうなったんだっ⁉」

通路側の開いた窓から、伊織組の取り立て屋である、飯塚と香取の姿が見えた。相手などしたくなかったが、二人は勝手に玄関を蹴り開けて入ってきた。

「……悪いが今日は帰ってくれ」

「聞いたぜ、滝野。ここも追い出されるってな。それで〜どこへ雲隠れするつもりだ？」

「……」

床に散らかした衣服を段ボール箱へ戻し、櫂は二人を無視していた。

けれど、土足で歩き回る上、部屋にあるものを勝手に手に取っては床へ放り投げる彼らに、ふつふつとした怒りがわく。

「なんだ……滝野。金目の物を売り払おうとしても、お前の家は売れそうな物がまるでねえじゃねえかよっ！」

「以前から分かっているはずだ。これ以上、散らかさないでくれ」

「いいじゃねえか、お前のもちものは俺達のものだ。だろ？」

引き出しはすべて引っ張り出して中身をぶちまけ、押し入れの段ボール箱を逆さにする。ただでさえ雑然とした狭い部屋が、足の踏み場すらなくしていく。

「週末にはなんとかするから、今日のところは帰ってくれ……っ！」

我慢も限界にきた櫂は、二人を部屋から押し出そうとしたが、胸ポケットに押し込んだ証書に気づかれ奪われた。

香取は証書をざっと見ただけで内容を理解したのか、嬉々としている。

「兄貴、いいものを持ってますぜ。死んだ親父の生命保険みたいだ」

「それは……駄目だっ！」

燿は取り返そうとしたが、飯塚に腕を摑まれ阻止される。

「おいおい、滝野。いいもの隠してんじゃねえか。これがあれば、少しは借金が減らせるぜ」

「返せっ！　……ぐっ……！」

摑まれた手を払って燿は証書を持つ香取に手を伸ばしたが、飯塚に蹴り飛ばされて床に倒れた。すぐさま立ち上がろうとしたが、飯塚の足が背中を踏みつけ、さらに押しつける。

肺が潰されたことで息苦しく、声を発するのも難しい状況だったが、燿は呻くように言った。

「それを……返せ」

「もう俺達のものだ。悪いな」

「俺は返せと言ってるんだ！」

燿は、飯塚の軸足を摑んで引っ張り、バランスを崩したところを押し倒す。だが、立ち上がろうとした燿に香取が殴りかかってきた。

「……おい、何をしているんだ。手荒なマネはするんじゃない」

三人でもつれ合っていると、見知らぬ声が落ちてきて、飯塚達の動きが止まった。その瞬間を捉えて、櫂は二人を突き放し、殴られて切れた口の端を手で拭って、顔を上げる。

玄関には目鼻立ちの整った容姿の男が立っていた。癖毛の黒髪に、ほどよく焼けた肌は健康的だ。男はシャツにジーンズというラフな恰好をしているものの、背後に部下らしい黒服の男を二人引き連れている。

「若頭っ！　どうしてここへ……？」

「滝野櫂の父親がうちで借金をしていると聞いてな」

伊織組の若頭がそう言うと、飯塚が香取の持つ証書を奪い、得意げに駆け寄る。

「いいものを隠し持ってましたんで、二千万は回収できました」

「……それを借金返済に充てる気はないいんだ。返してくれ」

金額に執着しているわけではない。母親が残してくれたものを借金返済に充てたくないのだ。

だが、証書を手に取った若頭は、恐ろしく冷えた視線を櫂へ向けた。暴力団にほど遠いタイプに最初は見えたが、男の瞳に浮かぶ有無を言わせない眼光は一般人にはありえないものだった。

「二千万でもまだ足りない。お前の親父が作った借金がどれほどあるのか、理解しているのか？」

「……」

「俺は伊織勝敏。伊織組の若頭だが、まあ……いうなればお前に金を貸した大元だ。分かるな？」

「……ああ」

「なら、話は早い。お前の借金をもう少し簡単に減らせる方法があるが、どうだ？」

「俺は……ウリはしない」

「そうじゃない。ただ……お前がいまシェフチェンコのところでやっている土日の特別なアルバイトを、俺専属でやってもらいたいだけだ。どうだ？」

以前、ミハイルから伊織組の若頭が櫂に興味を持っているという話を聞かされたことを、思い出した。あのときはミハイルが、櫂の反応を楽しむためにからかっているのだろうと深く考えなかった。だが、ここまで足を運ぶのだから、本気だったようだ。

「……俺に……それを決めることはできない」

「まさか、あのシェフチェンコに義理立てでもしてるのか？」

「いや……」

義理立てはしていない。ただ、ミハイルのところで稼ぎ出す金は櫂に必要なものなのだ。あれがあるから母親は亡くなるまで追い出されることなく、十分に手を尽くしてもらえる。

普通のアルバイト以上に稼げるところがある櫂に、他で働くことなど考えられないだけ。

「だがよく考えてみろ。今お前はシェフチェンコのところで働いてうちの借金返済をしているわけだ。うちで働く方が、より返済できると思わないか？」

「……」

「今までずいぶんとうちの人間はお前の境遇に同情して、優しい取り立てをしてきたようだ。だが、支払いは遅々として進んでいないのも事実だ。お前の臓器を売って、できるだけ借金の穴埋めをするやり方もあるんだぞ」

確かに、借金返済のために櫂をどうするのか、本来の権利はこの勝敏にあるのだろう。たとえ櫂が、ここで拒否したとしても、この男は自分の思いどおりにするはず。

だからこそわざわざ櫂の住むアパートまで足を運んだのだ。ならば、無理やり思いどおりにされるより、申し出を受け入れたほうがいいのかもしれない。

「……あんたのところで働けば他になんの得がある？」

「そうだな。では、こうしよう。この保険は担保として預かり、お前の働きに応じて借金は減額してやる。土日以外はいつもどおりにアルバイトに精を出して、お袋さんの病院代にすればいい。どうせここを追い出されたら行く当てもないんだろう？　うちに来い。悪いようにはしない」

「もしかしてあんたがここの土地を買収したのか？」

ふと思いついたことを口にした櫂に、若頭は鼻で笑った。

「お前にそこまでの価値があると本気で言っているのか？　うぬぼれもほどほどにしておけ。それで、どうする？　俺と来るか？」

「……ああ」

心のどこかで、この決断は間違っていると感じている。だからといってどうしようもない。櫂に選択肢などないのだ。

「では、行くか」

「今すぐ……か？」

「当然だ」

勝敏についていけば、もう二度と自由は与えられない気がした。それには、死ぬまでこの男に飼い殺しにされるかもしれないといった、嫌な予感も含まれる。

「……分かった」

今夜はステージに立つ日だ。ミハイルに連絡をしておかなければ、迷惑をかけてしまうことになる。ミハイルにとってただの気まぐれだったとしても、いろいろと世話になったのも事実だ。もちろん礼を言う必要はないが、連絡もなしに仕事に穴を開けるわけにはいかない。

櫂は携帯をポケットから取り出したが、その手を勝敏に摑まれた。

「何だ」

「どこへかけるつもりだ？」

「ミハイルに連絡しておかないと、迷惑をかけるからな」

「俺はシェフチェンコとは知り合いだ。連絡はこちらからしておく。お前が気にすることではないさ」

「なら……任せる」

櫂は肩に回された勝敏の手をチラリと見て目を伏せた。

一度、この世界に足を踏み入れてしまった櫂には、他の選択肢など存在しない。ただどこまでも身を堕としていくしかないのだろう。行き着くところは同じだから、奈落《ならく》への案内人がミハイルでなければならない理由はない。どうせやることは同じだ。

勝敏の車に乗り込み三十分ほど走って、停車する。促されるまま車から降りると、立派な洋館が建っていた。

夕闇《ゆうやみ》に建物自体が反射して、壁が燃え立っているように周囲から浮かび上がっている。人が住む建物より、美術館のようにも見えた。暴力団幹部の自宅といえば、伝統的な和風建築だという意識があるためか、どうもしっくりとこない。いや、ミハイルならこういう洋館が似合いそうだ。

輝く太陽の下であっても、月の光を思わせる青白い燐光《りんこう》を放つ美しい髪を持つミハイル。その美貌はこの世のものとは思えないほどすさまじく、彼が纏うオーラは王者そのものだ。

本来、櫂のような一般人が出会うことのできる相手ではない。何故、出会ったのだろう。

「……」

ここに来て、どうしてミハイルのことを考えてしまうのか、自分でもよく分からない。けれどふとした拍子にミハイルの決して忘れることのできない容姿が頭を過る。

「さあ、こっちだ」

玄関ホールの脇にある通路を突き当たりまで行くと、地下への階段があった。一瞬、躊躇ったものの、背後から押されるようにして櫂は階段を下りる。

「俺の趣味の部屋だ。なかなかいいだろう?」

彼の言う部屋は、天井から鎖やロープが下がっていて、宇宙チェアと呼ばれる椅子や、三角木馬も見える。右手の壁にはSMで使う道具が隙間なくかけられ、奥の壁にはラテックスやエナメルで作られた衣装がかけられていた。

「それで……どこで着替えるんだ？」

「着替えの場所などあるわけない。いいから、ここで脱いでみせろ」

「ああ」

ステージの上でさんざん痴態を見せた櫂だ。素っ裸になることに躊躇いなどない。

櫂がすべてを脱ぎ捨て裸になると、勝敏は顎を撫でながら感嘆のため息をついた。

「やはりいい身体をしているな」

勝敏は引き連れていた部下に指示を出すと、一人が櫂の身体を背後から拘束し、もう一人が怪しげな液体の入った注射器を櫂の腕に突き刺した。注射針が肌に刺さった痛みより、中身の分からない液体が身体に吸い込まれていくのを見て、ゾッとする。

「っ……今のは何だ」

「一晩中楽しませてもらうには、やはり薬は必要だ」

ニッと笑った勝敏は壁にかけられたSMの道具を手にとっては戻し、どれを使うか選ぶのを楽しんでいる。櫂は注射された液体のせいか、身体がユラユラと揺れているような感覚に襲われた。さらに視界は霞み、息に熱がこもる。

「ミハイルは使わなかった」

「あいつは過程を楽しむタイプなんだろ。俺は違う。まだるっこいのは嫌いなんだ」

股間が急激に熱くなり、触れてもいないのに雄が勃起し始める。鼓動が速まるのと同時に、身体の奥が疼き、震えにも似た快感が身体を覆っていく。

理性が薬によって麻痺するのは、快楽によって取って代わられることより恐ろしいことだと、櫂は気づいた。

「……あっ……く」

「さて、楽しませてもらおうか。準備をしてやれ」

勝敏がそう言うと、部下の二人はすべてを心得ているかのように、よろめく櫂を掴んだ。

「放せ……っあ……」

薬のせいで櫂は身体の自由が利かない。たいした抵抗もできないまま、男達の手によって手際よく、首輪に口枷、足枷がつけられる。その状態で、ハンモックのように天井から四本の鎖によって吊られている長方形の革に仰向けに載せられた。

櫂は、両足が膝の部分と両腕が肘の部分を、天井に繋がる鎖にそれぞれベルトで縛られ、まるでひっくり返った亀のような恰好にさせられた。雄はすでに痛みを伴うほど屹立し、蕾は触れられてもいないのに、入り口をヒクヒクと痙攣《けいれん》させている。

「……っ」

「まずはお前達で好きに可愛がってやれ。俺は滝野の身体が少し温もってから、じっくり楽しませてもらう」

勝敏の部下が、針のない太い注射器を用意し、ローションをたっぷりと吸い上げた。次に櫂の蕾に注射器の先端を押し入れ中身を注ぐ。冷たい液体が満ちた内部は、下腹部を重怠《おもだる》くさせて、櫂の眉間に深い皺を刻んだ。

注射器が引き抜かれると、そこへアナルビーズが押し込められていく。

硬くて丸いビーズが中で互いに押し合い、ローションの助けを借りて回転し、奥へ奥へと入り込む。あまりにも詰め込まれているからか、下腹部にビーズの丸みが浮き出していた。

「……っう……く……」

内臓が下から押し上げられるほど、中にみっしりと詰められていくビーズに、櫂は苦痛と吐き気を感じた。たとえ薬で理性が麻痺していようと、快楽と同じだけの苦痛を感じることは、拷問だ。

「う……うう……う……」

「俺は快楽で心地いい表情を楽しむっていうより、苦痛に喘ぐ顔や姿に勃起するタイプなんだ。まあ……生粋のSだな」

勝敏は櫂の波打つ下腹部を撫で回しながら、もう片方の手に細長い鉄の棒を持っていた。付け根にはコードがついていて、サイドテーブルに載った機械に繋がっている。

「……ふ……うっ……」

「ああ、これは尿道に突っ込んで、電流を流す機械だ。慣れるとイイらしいぜ」

勝敏は櫂の勃起した雄のカリを摑むと、尿道の口に細い棒を突き挿れた。ローションで濡らされていない棒が、狭い尿道を割り裂く。

あまりの痛みに櫂は声を上げたが、口枷がすべてをくぐもったものにする。

「……うう――っ！」

「大丈夫だって。ようやく手に入れたんだから、そう簡単に殺しはしない。お前もそう簡単に壊れるタイプじゃないだろうしな」

この男はミハイルと同じ危険をはらんだ男だったが、櫂に対する扱いがまるで違う。

自分は選択を間違えたのだと気づいても、もう遅かった。

いつだってそうだ。櫂は声も奪われ、ただ眉間に皺を寄せることしかできない。

今夜か、それとも明日になるのか分からないが、これから櫂は薬漬けのまま快楽の限りを尽くされ、いずれ無様な死を迎えるのだ。

救いがあるとすれば、快楽の渦に呑み込まれたまま、何がなんだか分からないうちに、終わりを迎えることだろう。

ミハイルはこんな無様な櫂の姿を見たらどう言うだろうか。嘲笑するか、見ることもしないか。

助けてくれるのか……。

また、脳裏にミハイルの顔が浮かぶ。何故こうもミハイルのことばかり頭に浮かぶのか。

「……親父……いえ、組長。今は少し……忙しいのですが……」

今までの口調とは違う緊張した勝敏の声が、欲情しつつある櫂の耳に届いた。

「はい……はい。ですがっ……はい……分かりました。ご面倒をかけてすみません」

通話を終えた勝敏は、怒りに満ちた顔で怒鳴った。

「そいつを下ろせっ！」

「若頭、どうされたんですか？」

「いいから、下ろせっ！　……こいつにはもう手が出せない。くそっ……こうなる前に手に入れるつもりだったが、仕方ない」

悪態をついている勝敏を横目に、櫂は尿道を貫く鉄の棒や内部に詰まったアナルビーズを引き抜かれた。その後、ハンモックから手荒に下ろされ、口枷を外される。けれど手枷は後ろ手に繋がれ、自由は奪われたままだ。

櫂は突っ伏すように顔を床に擦りつけ、立ち上がることができずに、丸くなった。

「……は……っあ……」

「うずくまるんじゃない。これからだってときに……むかつく野郎だぜっ！」

首輪につけられた鎖が勝敏によって引っ張られ、櫂は膝を擦って赤くした。立てと言われているのだが、効き始めている薬のせいか、身体の自由が利かないのだ。

「さっさと来いっ！」

櫂は引きずられるようにして部屋の外へ出ると、階段をようやく上がった。

だが、触れることを許されない雄は、今にも弾《はじ》けそうなほど勃起していて、押し寄せてくる快楽の波に視界が霞む。

　誰でもいいからこの欲情した身体を貪られたい。

「なんと、酷い有様ですね、濯」

　階段を上がりきったところで響いた、ここで聞けるとは思わなかったミハイルの声を耳にした濯は、ユルユルと顔を上げた。

　ミハイルは恐ろしいほどの怒りのオーラを纏っている。勝敏の部下はみな怒れるミハイルから距離を取り、関わりを避けるよう視線を逸らせていた。

　背後にひっそりと佇むセルゲイだけは、いつもどおり平静な顔をしていたが、濯の姿に呆れているようにも見えた。

「そんなふうに言われる……筋合いは……ない……っく」

　欲情しながらもまだ反抗的な言葉を口にする濯に、勝敏は名残惜しそうな顔をしつつも、ミハイルに鎖を引き渡す。

　濯の首に繋がる鎖は引っ張られ、頭がカクンと前のめりになる。

「貴方にお返ししますよ、シェフチェンコさん。こんなに早く気づかれるとは思わなかったが……ああ、残念だ」

「言ったはずです。彼は私の支配下にあると。今後、このような協定違反をされるようなことがありましたら、それなりの制裁を受けていただきます」

「ああ、分かった。反省しているつもりだ」

「結構」

ミハイルは激しく鎖を引っ張りながら、櫂を引きずった。あまりにも情けない姿に、自分でなんとか立って歩こうとしたが、痺れた身体ではできない。

まるで、酔っぱらった野良犬のように床を引きずられながらも、櫂は外へと連れ出された。リムジンは玄関のロータリーに停められていて、櫂は荒々しく中へと押し込まれる。

「……っ！」

シートとテーブルの間に身体を横たえた櫂は、何度も寝返りを打つように動いた。打たれた薬がますます身体に浸透しているのか、身体を這い回る疼きが耐え難いものになりつつあった。

櫂は、激しく襲いかかる疼きをなんとかしようと、無意識に身体を前後に揺らしていた。

「……妙な……薬を……打たれた……」

「ええ、見れば分かりますよ」

ミハイルが乗り込むとドアは閉められ、リムジンが動き出す。床から伝わる振動すら、まるで抽挿のリズムのように感じ、欲情した身体には最悪だ。

「ミハイル……」

「……なんです？」

「せめて……手を自由にしてくれ……頼む……」

「ここで満足させてもらえると思っているのですか？」

落ちてくるミハイルの声は決して荒げたものではなかったが、瞳は未だかつて見たことのない怒りの炎を灯していた。

耀は薬で欲情し理性がまともに働かない中でも、ミハイルの憤怒《ふんぬ》に背筋が寒くなる。けれど何故、これほどまでにミハイルが耀に怒りを向けてくるのか、分からない。

「どうして……怒っているんだ？」

「ええ。私は心底腹を立てているんですよ。貴方のしたことは私に対する大変な裏切り行為ですからね。今までこれほど恥をかかされて許したことなどありませんでしたが……貴方を切り捨てるにはあまりにも惜しい」

「……悪かったよ。許してくれ……」

今、自分ではどうしようもないこの欲情した身体を解放してくれるのはミハイルだけだ。謝罪することで触れてもらえるのなら、耀はどんな言葉でも口にできるだろう。

ここにプライドなど存在しない。快楽への渇望は原始からある強い欲求であり、後から生まれたであろう理性など、なんの障害にもならないのだ。

「俺を……犯してくれ……頼む……」

「いいですか、耀。私を裏切るとどうなるか……いやというほど思い知らせてあげます」

ミハイルは櫂の勃起した雄を、足で踏みつける。革靴の底はやけに冷たいが、ようやく与えられた刺激に、櫂は射精した。

「……あっ」

「なんて無様な姿なんです」

「これじゃあ足りない……足りないんだ……」

「今夜は貴方のステージの日ですからね。当然、休みなど取らせる気はありません。しっかりやるべきことをしてもらうだけですよ」

「……無理だ……」

自分でどうにもならない欲情した身体でステージになど立てない。

だいたい、一度射精したにもかかわらず、櫂の雄はまた蜜を内部に溜め込み、腹に突くほど反り返っているのだ。

あんなに苦痛を感じていたのに、今では中にいっぱいに詰まったアナルビーズや、尿道を貫く鉄の棒が恋しくて仕方がない。

アナルビーズを詰めたまま、勃起した雄で突かれたら、どれほどの快楽が得られたのか。

突き刺された鉄の棒から電流が流されていたらどれほど心地よかったのだろう。

櫂はそんなことまで考え、満たされない欲情に身悶えていた。

「情けないですね、本当に」

ミハイルの呆れた声にすら櫂は欲情していた。

彼の愛撫《あいぶ》や触れる手の動き、蕾を穿つ雄の力強さを思い出す。

男と寝るなんて馬鹿げてる。そう考えていたのに、ミハイルだけは違うのだ。たっぷり精液をため込んだミハイルの雄は、櫂の欲望を満たしてくれるはず。

けれどミハイルは櫂を足で小突くことはあっても、触れてはこなかった。


カジノに到着すると、櫂は勝敏のところから帰された姿で、ステージに引きずり出された。

そこで男達の手によって、手際よくフルハーネスのベルトをつけられ、天井からぶら下がる鎖に繋がれる。

勃起して反り返る雄の根元にも革のベルトが巻かれたが、亀頭だけが露にされていて、射精ができないようにされた。

視界はすでに霧が張ったようにぼやけているのに、快楽だけは心と身体を鮮明にさせていて、刺激を与えてくれるであろうミハイルを目で追っていた。

ステージに立つミハイルは、頭上のライトに照らされて、いつも以上に輝いて見える。

彼は他のどのドミネイトとも違い、派手な衣装も身につけなければ、ゴムやエナメルでできたコスチュームも着ない。

オーダーメイドの身体にピッタリ合ったスーツを着て、鞭やディルドを持つ。ただそれだけの姿なのに誰もがミハイルに魅せられる。

彼がこの世の支配者であり、誰も彼に逆らえない。ミハイルに支配されたくないと必死に抵抗しているのが、馬鹿馬鹿しく思えるほどだ。

だが櫂は知っている。従順なスレイブにミハイルは本物の快楽を与えてくれないことを。

そして櫂も、身体がどれほど快楽に堕ちようと、心まで支配されたくない。

「さて、みなさん。大変、お待たせいたしました。このスレイブが悪さをいたしまして、今宵の私は大変立腹しております。どのような罰を与えれば従順になるのか……」

ミハイルの持つディルドの切っ先が尻の間に押しつけられて、背骨を伝うように移動していく。ムチッとしたゴムの感触に、櫂は身体が震えた。

どこを触れられても、射精できそうなほど身体中が疼いている。限界はもうすぐそこまで来ているのに、本当に欲しい刺激が与えられない。

「っ……」

「最初の罰として一晩中欲情する薬を与えております。スレイブのペニスがはち切れんばかりに勃起しているのはそのためです。もっとも……簡単に楽にさせてやるつもりはありません」

「……あ……」

「さあ、まずはこの玩具で愉《たの》しみなさい」

ローションをたっぷり垂らしたディルドがまだ硬い蕾を広げ、中へと沈んでいく。内部の襞《ひだ》がディルドによって擦られ、身体の先端まで快楽が伝わり、嬌声が上がる。

「あっ……ああっ、ああ……っ！」

「ディルドを美味《おい》しそうに飲み込んでいます。どうぞ、スレイブの顔をよくご覧になってください。蕩けるような快楽に浸りながらも、なんとか意識を保とうとする頑固な意地が見受けられることと思います」

後頭部を摑まれ顎が引き上げられたが、櫂は中で蠢くディルドの感触に浸っていて、ミハイルが何を言っているのか、よく理解できない。

ディルドはちょうどいい具合に狭い内部をかき回し、快楽で満たしてくれている。

ミハイルから意識を逸らすには、玩具に満足するしかないのだ。

「さあ、今どんな気分か、イイ声で聞かせてやりなさい」

「くっ……」

「まだまだ、素直になれないようです。このスレイブは本当に扱いが難しい。罰が罰にならないのも困ったものです。やはりもっと彼が恐れを抱くほどの罰を与えなければなりません」

ミハイルは次に鞭を手に取り、櫂の脇で見えるように振ると、今度は高く上げて背へと振り下ろす。

電流が走ったような鋭い痛みが背から伝わるものの、すべての刺激が快楽へと変換されていた。

「あっ……あっあっ……」

客達の視線が皮膚を突き刺すように向けられ、それすら快楽へと昇華されていく。あれほど嫌悪していた視線が今では快楽に必要なものとなっていた。何度かステージに立つうちに、正常であるはずの感覚が失われているのかもしれない。

この場を支配するのはステージに立つ人間だとミハイルに教えられた。一度、すべてを晒け出してしまうと、見られていることすら快楽になっていくのだから、慣れは恐ろしい。

いや、これは慣れなのか。それとも、もともと櫂の中にあった本来の姿なのか、薬の効果なのか。自分でも分からない。

「痛みと快楽は非常によく似ております。どちらもスレイブを虜にし、狂わせる」

内部を貫くディルドが、より深く押し入れられた。亀頭部分が回転するディルドは櫂の快楽の源を抉る。声が途切れなく上がり、解放されない勃起した竿に、ベルトがきつく食い込んだ。

「あ……っあ……ああ……」

「やはりいつもより感度がいいですよ……櫂」

耳元でそっと囁かれるミハイルの言葉に、櫂は唇を噛むほど口を引き絞った。

ディルドでは足りない。櫂が求めているのは、鞭の痛みでもなければ、ディルドの刺激でもない。ミハイルの勃起した雄だけが、櫂の欲情を満足させてくれる。

「ミハイル……頼む……」

「罰はまだ終わっていませんよ」

「……っく……」

普段は櫂を支配しようとするミハイルに反発しているが、ステージの上では抗えない。縛られた上に鎖に吊られどれほど弄ばれても、絶対的な力に支配されている心地よさに、身体だけでなく、かさかさに乾いた心までも満たされる錯覚を起こすのだ。

「……っう……イかせてくれっ！」

先端から精液が僅かに滴ることも許されない勃起した自らの雄に、気が狂いそうだった。さざ波のように押し寄せる快感は心地よくとも、射精できなければ拷問でしかない。

雄がさらにベルトに食い込み、真っ赤に熟れた雄から血が滴《したた》りそうな痛みまで伝わってくる。

僅かでいい。溜まるばかりの精液を、外へと解放したい。

でなければ、狂ってしまう。

「……っあ……ミハイル……頼む……俺……俺は……」

「まだです」

「も……許してくれ……なんでもするから……許してくれよ……」

ミハイルには逆らえない。どれほど虚勢を張ろうと、彼には敵《かな》わないのだ。

櫂はズタズタになったプライドを自ら踏みつけ、懇願した。けれどミハイルの怒りは収まらないのか、冷笑だけが向けられる。

「貴方は……これほどまでに大切にしてやっているというのに、芸術など理解できない馬鹿な男を選んだのです。これがどれほどの屈辱か、貴方には分からないでしょうね」

淡々と囁かれるミハイルの言葉には棘《とげ》があり、穏やかさの欠片もない。なのにミハイルの怒りが感じられると、櫂の欲情の火は燃え上がり、疼く身体を揺さぶるのだ。

「ミハイル……俺……」

「どうしてあの男だったのです？」

「……どちらで稼いでも……同じだと思っただけだ……」

「本当に同じでしたか？」

櫂は繋がれながらも、顔を左右に振った。

ミハイルと勝敏は求めるものが根本的に違う。どちらも支配を目的にしたものだろうが、勝敏を選んだことは間違っていた。

「……選択を誤ったと……後悔した。本当だ……後悔した」

「ならば何故、この私に助けを求めなかったのです？」

「……え？」

「私ならどんなことでも助けになれる。そう話しておいたのを、忘れてしまったのですか？」

執拗に問われていると、まるでミハイルが嫉妬しているようにも聞こえる。そんな感情などミハイルにないことを知っているのに。

もしかして心のどこかで耀はそうあって欲しいと期待でもしているのだろうか。

「でも……来てくれた……」

「人のものに手を出されて黙っている私だと思いますか？」

「違う……俺は……ミハイルのものには……ならない」

薬のせいにして素直になればいいのだが、耀は思わずそう口に出していた。それが本音でもあるが、従順な男などミハイルは求めていないこともまた、耀はよく理解しているのだ。

嫉妬は愛からくるものだ。仮にこの男に愛という感情があれば、どうなっていただろう。

まさか……ミハイルに愛されたいのか——？

「何度、屈服させても、またすぐに反抗する。全く……腹立たしい男ですね」

「ああ……あああっ……」

振り下ろされる鞭が、背に赤い筋をいくつも重ねていく。痛みと快楽が交互にやってきて、驚くほど心地いい。このまま快楽にすべてゆだねてしまえば楽になれるのだが、一つだけどうしても譲れないことがあった。

「さあ、言いなさい。貴方は誰のスレイブです？」

「俺……俺は……誰の……ものでも……ない……っああ……」

何度、鞭で打たれ、ディルドやアナルポンプで中を抉られ広げられようと、すべてが快楽へと変えられていく。だが、相変わらず勃起した雄の縛めは外されず、いつまで経っても解放されない欲望に、燿は焦れはじめた。

「そろそろ、玩具の代わりにこの手で貴方の中を暴いてあげましょう」

ミハイルはポケットから手術用にも見える薄いゴム手袋を取り出すと、軽く息を吹き入れて膨らませ、手にはめる。手袋をはめた手にはローションをたっぷりと垂らし、燿の内部を貫いていたディルドが引き抜かれた。

「……な……？」

「私の拳を貴方の中に入れます。フィストファックというものです。いいですか、暴れると本当に中が裂けます。それが嫌ならおとなしく言うことを聞いていなさい。ああ……今日の貴方はなんでも受け入れられるはずですね」

酷薄な笑みを浮かべたミハイルは、ゾッとするほど美しい。けれどそんなミハイルに見とれている間もなく、これから起こるであろう事態に、燿は身悶える身体をもてあましながらも、恐怖を感じ取っていた。

「……な……なにを……ひっ！」

薄く開いた蕾が、ミハイルのそろえた指先によって広げられていく。ゆっくりではあったが、指先を伸ばして先端を窄めた手が、燿の中に入ってきた。

様々な玩具を突っ込まれてきたが、すべて快楽として感じていた。けれど、人の手が内部にすっぽり収まるとは、到底思えない。

「よせっ……やめ……無理だっ……やめてくれっ！」

未知の行為に対する恐怖が、快楽で麻痺していた頭をはっきりとさせ、声となる。

「これは罰です。ですが、私の手はスレイブの中で拳となり、極上の快楽を与えることになるでしょう」

「待って……待ってくれっ……あああ———っ！」

メリメリという音でも聞こえてきそうなほど、蕾の縁がめいっぱい広げられていく。指の先端が内部を広げて、内側を爪で擦っていく。

痛みと快感が伝わりつつも、行為に対する恐怖が櫂を青ざめさせた。

だがここでミハイルの手を拒否して尻を動かそうとしても、それこそが危険な行動だと分かっているから、息を潜めて待つしかない。

「よくご覧ください。ここまでは結構すんなりといくものです。手の平を入れるところからが難しい……」

「あ……やめ……やめてくれよ……たの……頼む……っう、う……ぐう……っ」

どれほど懇願しようと、ミハイルの手は容赦なく櫂の中へと沈んでいった。そして手首まですっぽりと入ったところで、伸ばされていた手は拳となり、内側から身体を引き裂くような錯覚が伝わってくる。

指の節の感触、裂けそうなほど広がった蕾に触れる手首のくびれ。恐怖がまず頭を支配したが、それさえも快楽へと変わっていく。

いつもとは違う鮮烈な快楽は薬によって倍増しており、このまま狂ってもおかしくないほどだ。

「入ってしまえば、楽になったでしょう」

「あ……あああ……」

今まで櫂が避けてきた世界だ。

一度、どっぷりと足を踏み入れてしまえば、決して逃れられない暗い世界。底のない闇に堕ちるのが怖かった。

けれど堕ちてしまったことを認めると、実はいつもと何も変わっていないことに気づく。今まで櫂はどこにこだわり、一体何を必死に守ろうとしていたのか。

櫂は身体の奥底に潜む、淫乱《いんらん》とも言える性に対する欲望をミハイルによって、客達の前で引きずり出された。なのにエロティックに身悶える自分の姿に酔いしれる客達から、櫂は不思議と優越感を得たのだ。

普段の櫂は、金持ちの客達から見て、ゴミのような存在のはず。日常で決して目を止めることもなく、人生が交差することもない。

そんな彼らが、普段はゴミとしか見ない櫂に、羨望の目を向けるのだ。こんなにも心地のいいことはなかった。

だが、薬で欲情している身体に、玩具や拳では足りない刺激がまだあった。

ミハイルの雄だ。あれがなければ満足できない。

耀は自分では立つことができないほど、あらゆることを試され、ようやくステージを下ろされた。

朦朧《もうろう》としながら引きずられるのを覚悟していたが、今度はミハイルによって担がれ、事務所の床に落とされる。

「あんたが……欲しい……」

目を潤ませながら回らない口で、冷ややかに見下ろすミハイルに、耀は何度もそう言い続けた。

ミハイルはソファに座り、セルゲイにワインを用意するよう告げる。無視されたことに傷つきながらも、耀は這うようにしてミハイルに近づいた。

「二度とこんなまねは……しない」

「謝罪には足りませんね」

部屋の空気が凍りそうなほど冷たい口調に、ミハイルの両足の間に跪き、ファスナーを銜えて引き下ろす。未だ後ろ手に拘束されているため、開いたファスナーの間に顔を埋め、唇と舌で中に収まっていた雄を引きずり出して、銜えた。

ようやく触れることができた耀の欲望の源。

燿は貪るようにミハイルの雄をしゃぶり、艶やかな肉の感触を味わう。自らの雄はミハイルの雄のたくましさに反応し、勃起していく。

「……っう……ふ……う」

喉の奥まで雄を飲み込みつつも見上げると、ミハイルは微笑するように目を細めていた。

あの緑の瞳が快楽で潤む様が見たくて、燿はニチャニチャと粘着質な音をわざとたてたが、自分がその音に煽《あお》られて、身悶えることになった。

「……っん」

銜えていた雄を十分鍛えると、燿は口を離してミハイルの膝に乗った。

「快楽は貴方を素直にさせているようですね。いいですよ。欲しいなら自分で挿れてみなさい。セルゲイ、燿の手枷を外してやりなさい」

セルゲイによって手枷が外され、燿は自由になった手でミハイルの雄を摑むと、その切っ先を自らの蕾に押し当て、腰を下ろした。

「……はっ……あ……」

鍛えられた雄に開かれる蕾は歓喜に満ち、溶けたオイルによって内部が滑り、すんなり根元まで飲み込んでいく。

温まったオイルが中でミハイルの雄に絡まっていくのが分かる。収縮する内部によって心地いい刺激が断続的に伝わって、燿は嬌声を上げた。

「ああ……これだ……」

燿は感嘆に似た声を上げ、腰を上下に動かし始めた。

「っあ……はあ……はあ……っあ」

顎を反らして喘ぎつつ、激しく腰を動かしているうちに、恍惚《こうこつ》とした表情に変わっていく。そんな姿に、ミハイルはようやく怒りを収めたようだ。

「これほどの痴態を見せられたら、仕方ありません。許してあげるしかなさそうです」

「俺は……本当に……反省して……っあ……ああ」

上下するのをやめ、燿は尻を落としたまま、今度は円を描くよう腰を動かし、内部にある雄をじっくりと味わった。

ミハイルの雄は燿の内部を抉り、切っ先は最奥を突いている。このままずっと繋がっていたい気持ちになるのは、快楽が継続するような薬を打たれたからだ。

どれほどの痴態をミハイルに見せようと、羞恥など感じる必要はない。

燿は今、薬のせいでおかしくなっているのだ。すべて薬のせい。自らの意思ではないはず。

「燿……」

ミハイルは、燿の首を撫で上げて、輪郭に沿って頬をなぞった。その手の動きを追いつつ、燿はミハイルの指を口に含んだ。

「……ん……ふ……」

満足げに目を細めるミハイルの美貌を見つめて、燿は大げさに口を開いては、舌を指に絡めてしゃぶった。

ミハイルの瞳に浮かぶ征服欲に火が付くのが分かった。

「……っあ！」

ミハイルは雄を一度抜き、燿をテーブルに押し倒してから、背後から最奥を突いた。

欲望の赴くまま、自らの雄で激しく抜き差しを繰り返すミハイルに、燿はテーブルに頬を擦りつけ、喘ぎ続けた。

「その気にさせるのが上手くなりましたね」

「あ……あ……イイ……たまらない……もっと……突いてくれ……」

ミハイルの鍛えられた雄は、何度味わっても味わい尽くせない、甘い誘惑の源だった。

彼の人間離れした容貌はまるで作り物のようで、エキゾチックなビスクドールだ。燿の内部を暴き、淫らによがらせ、どれほどの狂気と快楽を与えてくれるのか。

「っん……う……あ……ああ……」

ミハイルの突き挿れは深く激しくなっていく。けれどそこに怒りは感じられず、あくまで互いの快楽を楽しもうとしているかのようだ。

彼には他にこんなふうに繋がる相手がいるのだろうか。不意に浮かんだどす黒い嫉妬は、的外れな怒りすら呼び起こしそうになる。

嫉妬であるはずがない。燿はミハイルにそんな感情を持つ理由がないからだ。

ミハイルがそういう感情を持たないから。

「……中に……出してくれ……中に……欲しい……」

感極まった顔でそう言って燿は身体を震わせた。

アナルビーズではなく、ローションでもない、ミハイルの精液で満ち足りたい。

「いいですよ。では、私のもので中を満たしてあげましょう」

雄の切っ先から一気に迸った精液は、ゆっくり速度をゆるめ、最後は痙攣しながら残りを中に放った。燿はすべてを受け止めると、身体から力が抜けていく。

「これで終わりではありません」

ミハイルの甘い囁きに、燿の汗の浮かぶ顔に笑みが浮かんだ。

このまま死んでもいいと思うほど、打たれた薬は燿のプライドや理性を奪い、貪欲に快楽だけを求める獣へと変えていたのだ。

「ああ……っ！」

燿の意識は絶え間なく与えられる快楽に麻痺し、闇に堕ちていった。

ミハイルは起床すると熱すぎるほどのシャワーを浴びてから、シルクのローブを羽織る。

空調の効いた涼しい部屋で火照った身体を冷ましつつ、豆からひいたコーヒーを飲み、新聞に目を通すのが日課だ。

だが、この日に限ってはいろいろ思うことがあって、新聞の文字が頭に入ってこない。何度か文字を目で追ってみたが、前夜の櫂の姿が邪魔をして、途中で諦めた。

ステージで櫂をしつけ、ベッドでは心ゆくまで貪った。薬のせいだとはいえ、櫂は驚くほど淫らで快感に素直だった。

櫂はミハイルに、イかせてくれと懇願し、何でもすると潤んだ目で訴えた。雄を搾っても精液の一滴も出ないほど射精させ、身体中を愛撫した。櫂はミハイルのすべてを受け入れ、どんなことでも快楽へと昇華させたのだ。

にもかかわらず、何度貴方は誰のものだと問うても、頑固な櫂は、決してミハイルのものだとは答えなかった。

まるで最後の一線は越えさせないとでもいうように。

なんという屈辱。これほどまでにミハイルの心を乱した男がいただろうか。

「セルゲイ」

「はい」

「昨夜の私の行動は……嫉妬か？」

ミハイルの問いにセルゲイは動揺を隠すように、眼鏡を正す。

「……貴方の感情です。私には分かりません」

「そうだな」

まだ乾ききらない髪を撫で上げ、ミハイルはコーヒーカップの縁を撫でる。緩やかに弧を描くコーヒーの表面を見つめながら、言葉を重ねた。

「……だが、この私が理性を半分失っていた。しかも伊織の屋敷に到着するまで、櫂の無事をこの私が祈ったんだぞ。なんという無様な姿だ。セルゲイ、笑ってもいいんだぞ」

「……いえ」

「ロシアの暗黒時代でもあんな体験はしたことがない。いや、そういう感情はすでに私の中には存在しないのだと考えていたから、今は驚きしかないな。私に嫉妬という醜いが、人間らしい感情がまだ残っていたんだ。それを櫂が引き出した。素晴らしい」

櫂はミハイルの欠けたものを持っている。

すでに失っていてもおかしくないのに、どれほど残酷な人生に見舞われても、櫂はきっとミハイルが永遠に取り戻せないものを、いつまでも持ち続けるのだ。

そんな櫂に対し嫉妬し、また無性に焦がれている。

ミハイルが仮に取り戻せたとしても、どうせ捨ててしまうものなのにだ。

「だが……櫂が伊織勝敏と私を天秤《てんびん》にかけたことも腹立たしいが、助けにわざわざ出向いてやったのに、礼の一言もなかった。何様のつもりだ」

「では、お切りになられたらどうです」

いつもならセルゲイの言うとおり、ばっさり切り捨てていただろう。だが、櫂に関してはできそうにないのだ。

「考えたこともある。だが……できないんだ、セルゲイ」

「……本気ですか？」

「ああ。嫉妬とは殺意にも似た怒り……なんという甘美な感情だ。私は久しぶりに人間らしい感情に満ち足りている」

櫂だけがミハイルの心を乱し、失ったはずの感情を思い出させてくれるのだ。ミハイルにとってこれほど貴重な人間を手放せるわけなどない。

「セルゲイ、午後にでも櫂と一緒に、あの見るも汚らわしいアパートに行って、荷物をまとめてまた連れ帰って来い。二度と勝手をさせるな」

「かしこまりました」

二度と別の男の提案を受け入れることのないよう、手元に置くのが一番だ。

櫂にも問題はあったが、ミハイルにも落ち度があった。それほど大切に思うなら、他人に手出しされないよう、ミハイルが先手を打つ必要があったのだ。

「ところで……調べて欲しいことがある」

「なんでしょう？」

「櫂の父親のことだ。ひき逃げ事故らしいが、どうも気になる」

「誰かが仕組んだと思われますか？」

「あの父親にそんな価値があるとは思わなかったが、保険がかけられていたことが分かったからな。何かがおかしい」

保険のことを知っていたからこそ、伊織組のチンピラが櫂の部屋を訪れ、部屋をひっくり返したとも考えられるのだ。

ミハイルにとって、櫂の父親の死は願ってもないことだったが、こういう疑問ははっきりさせておいた方がいい。いつか何かのカードに使えるはずだからだ。

「失礼します」

セルゲイがそう言い、ポケットから携帯を取り出し、耳に当てる。どういう内容かは分からなかったが、珍しくセルゲイが険しい顔で目を細め、携帯を閉じた。

「どうした？」

「櫂の母親が今朝早くに逝ったようです」

「今朝早く、櫂の携帯がずっと鳴っていたな。そのことを知らせる電話だったのか」

「そうだと思われます」

セルゲイは同情でもするかのように目を伏せたが、ミハイルにとってはいい知らせだ。

耀は天涯孤独になる。これこそがミハイルの望んだ結果だ。

「なら、これで耀も理解するだろう。耀を案じる人間は、この世ではもう私しかいないのだとな」

「……一つ聞いてよろしいですか？」

「構わないが、どうした？」

「もしかして耀を……愛してしまわれたとはおっしゃいませんね？」

してはならない質問をしてしまった……とでも言うように、セルゲイは冷めた表情に、一瞬、後悔を浮かべた。

だがセルゲイに問われたことで、ミハイルは自分の心の中にある、耀にだけわき上がる嫉妬や独占欲の理由を、ようやく知ることができた。

「そうか、これが愛か」

「え……いえ。私には分かりません……」

「……この私が人に対して愛などという幻想を口にする日がやってくるとはな。不思議だろう？　私も、自分自身が不思議だ」

耀を愛おしく思い、征服したいという欲求。

どれほど優しく接しても、数え切れないほど甘い愛撫を与えようと、耀はミハイルのものにはならない。そんな、強情でかたくなな耀に立腹しながらも、愛おしく感じる。

これこそが愛なのかもしれない。

ミハイルは立ち上がると、今も眠っているだろう櫂の様子を見るため、隣の寝室へと移動した。

櫂はベッドの上で薄いタオルケットにくるまりながらも、ミハイルの気配に身じろぐ。

「櫂……起きているのですか？」

「ああ……」

「ならどうして起きてこないのです？　以前のように、裸で堂々と登場する貴方を楽しみに待っていたのですが」

「俺は今……身体中が痛くて、死にそうだ。指一本動かしたくない」

櫂はそう言うと、ふかふかの枕《まくら》に顔の半分を埋めて、目を細める。清潔なシーツやちょうどいいクッションの枕の感触に浸っているようだ。

ミハイルもベッドに上がると、櫂が身体を伸ばしている隣に座って、彼を見下ろした。

「自業自得ですよ」

「これで今夜のステージに立てとは言わないよな？」

「そうですね……確かに貴方の背にある鞭の痕《あと》には客も欲情するでしょうが、身体中にあるキスマークには不満が出るでしょう」

「なんだと!?」

櫂は声を上げるのと同時に身体を起こし、自分の身体に残るキスマークを確認すると、まずい料理でも食べたように顔をしかめた。

「……これは……なんだ」

「すべて私の刻印ですよ。なかなか芸術的でしょう？」

「……どこがだ」

腰のくびれに手を置いて、櫂は前屈みに座る。さすがに身体がきついのか、深いため息とともに、もう一方の手で太股の辺りを撫でていた。

「ところで、携帯をチェックしましたか？」

「いや、どうしてだ？」

「朝方ずっと鳴っていたようですが、放っておきました。人の携帯を見る趣味はありません」

櫂はサイドテーブルに置いた自分の携帯を手に取ると、着信履歴を見て残されたメッセージを聞いていた。ミハイルの予想どおり、携帯を耳に当てたまま櫂の表情は見る間に青ざめていく。

「何かありましたか？」

「別に……ただ……帰らせてもらう」

動揺を隠せないのか、持っていた携帯を落としながらも拾うことも忘れ、着替えを捜すよう、周囲を見回している。

ミハイルは櫂の腕を摑んで引き寄せた。

「……っ！」

「出かけるつもりでしたら、せめて夕方からにしなさい。今はやめておいた方がいいでしょう」

「あんたが俺を痛めつけるからだっ！　俺は……」

「櫂」

ミハイルの手を振り払おうと櫂はもがいていたが、できないことを理解したのか、諦めたように手を下ろした。その表情は苦痛に歪んでいる。

「……あんたとセックスをしている間に、母さんは死んだ。俺が薬で朦朧とした上、拳まで突っ込まれ、許してくれとあんたに懇願してる間にな。笑い話にもならない」

「私のせいにして貴方が楽になれるのでしたら、いくらでも責任を押しつけるといいですよ」

櫂はミハイルの目をじっと見つめていたが、しばらくすると視線を逸らして、ゆっくりと息を吐き出した。

「……悪い。確かにあんたのせいじゃない。母さんはもう駄目だと……以前から分かっていたからな。いつ逝ってもおかしくない。……俺が気をつけるべきことだった」

「いいんですよ」

「今から病院に行ってくる」

ミハイルは櫂の服を用意すると、自らもスーツに着替え、嫌がる櫂に付き添い病院へと向かった。

霊安室へは櫂と看護師が入り、ミハイルはセルゲイとともに廊下で待つことにした。親の死に号泣するという、よくある光景を期待していたが、閉ざされた扉の向こうからは何も聞こえてはこない。

しばらくすると看護師だけが出てきて、外で待つミハイルに軽く会釈をすると、口を開くことなく去っていく。

ミハイルはセルゲイを残し、ノックすることもなく中へと足を踏み入れた。

「嫌でなかったら見てやってくれ。迷惑だろうけど、母さんはあんたのこと、気に入ってた。あんたを見ると、胸がときめくと言ってた。もっとも、あんたほどの容姿なら母さんだけじゃなく、女は誰だってときめくだろうがな」

櫂は粗末なパイプ椅子に座り、横たわる母親を見下ろしながら淡々とそう言う。ミハイルは近づくと櫂を労るよう、肩に手を置いた。

まるで眠っているかのような、櫂の母親の穏やかな顔は、ミハイルにとって珍しいものだった。

「……あんたが連れてきた奴らに髪を切ったり巻いたり、化粧もしてもらっただろ。まるで女子高生みたいに喜んでいた。母さんも女だったと……改めて思ったよ」

「それはよかったですね」

「癌だから……苦しんだんだろうな」

「慰めで言うわけではありませんが、死の間際に苦しんだ人間は、こんな穏やかな顔では死ねません。

恨みのこもったすさまじく歪んだ顔をしているものですからね」

ミハイルの言葉に、耀は緊張した顔を少し和らげ、安堵のため息をついた。

「あんたがそう言うんだから本当なんだろう。俺が知らない世界を知ってるだろうからな」

「ええ」

「……悪い、少し一人にしてくれ」

耀の肩に置いた手を二度ほど軽く叩くと、ミハイルは霊安室を出た。珍しくセルゲイが心配そうな顔を向けてくる。

「耀は大丈夫ですか？」

「こたえてはいるようだが、覚悟もしていたはずだ」

セルゲイはチラリと霊安室の扉を見やり、すぐさま視線を逸らす。ミハイルがじっと行動を追っていることに気づいたのか、顎をやや引いて目を瞬《しばた》く。

「何でしょう？」

「私以外の人間をお前が気にかけているのを初めて見た気がするが」

「いえ……」

「そうだな、セルゲイ。耀はかたくなで、人の助けを受けようとしない。全く可愛げがない男だ。それでも家族を見捨てることなく、真面目に生きようと必死にもがいている。そんな姿を見ていると、どういうわけか手を差しのべてやりたくなるんだろう？　もっともいくら手を差しのべても、払われることの方が多いが」

微笑するミハイルに対して、セルゲイはいつもどおり平静な表情を取り繕い、呟く。

「私はただ少しばかり同情しただけです。それ以外の感情はありません」

「分かっている」

セルゲイの父親は櫂の父親と同じ、ろくでなしの飲んだくれだったが、母親はいつも彼を守っていた。酒に酔ってどれほど暴力的になろうと、母親はセルゲイを守り、身体に痣《あざ》の絶えない日を送っていた。

だが繰り返される暴力の末に母親は死に、なおも手を振り上げる父親をセルゲイが殺した。彼が十二の頃の話だ。

そんなセルゲイが自分と櫂の姿を重ねるのも自然なことだろう。

「……今、入れば櫂は泣いていると思うか？」

「確かめられたらいかがです？」

「そうだな」

ミハイルは断ることなく中へと戻ったが、櫂は涙の一つも流さず、ただじっと母親を見下ろしていた。号泣でもしてくれていたら、櫂のかたくなな気持ちを崩すきっかけになったのだろうが、やはり彼の纏う鎧は頑丈だ。

「……残念ですね。声を上げて泣いている姿を期待したのですが……」

「そんな年は卒業した」

「充分、子供ですよ」

櫂はやや不満げな顔をして頭を掻いていた。少し気持ちが落ち着いたのか、顔色もいつもどおりに戻っている。

「……必要な手続きは病院が全部やってくれるらしい。葬式はしたところで誰も来ないだろうから、葬儀屋の紹介は断った。今日の夕方、遺体の引き取りがあって、明日の夕方には灰になってるそうだ。簡単に終わる」

「そんなものですよ」

「……そうだな」

「ところで、貴方の部屋を用意しました。これからは私の家に住みなさい。キーのスペアも用意してあります」

「遠慮する」

「これは命令です」

「……俺は……」

櫂が反論を口にする前に、ミハイルは言葉を重ねた。

「貴方はうちの商品でもあります。危機管理は私の役目ですからね。昨夜は許しましたが、次はありません。いいですか？」

「……」

「櫂、人に頼ることはそう悪いものではないのですよ」

ミハイルが先ほどと同じように、櫂の肩に手を置いたが、今度はすげなく払われた。いつもの櫂に逆戻りのようだ。

「どうして俺によくしてくれるんだ？」

「貴方を大切に思っているからです」

本気でミハイルはそう言ったのだが、櫂は一瞬目を見開くと、次に声を上げて笑った。

「は……ははは っ！」

「おかしいことですか？」

「分からない。……なのに笑えた」

笑いを収めて急に目を伏せた櫂は、どこか寂しげだ。ミハイルに対して申し訳ないというより、横たわる母親に不謹慎だと感じたのだろう。

「……そろそろ帰りますよ」

「もう少しここにいる」

「では、セルゲイを残していきます。帰るときは声をかけなさい」

「嫌だと言っても、あいつを置いていくんだろう？」

「もちろん」

ミハイルがそう言ってきびすを返そうとすると、燿は珍しくミハイルの方を見つめていた。だが、彼の黒い瞳には、こちらが期待するような、救いを求めるような懇願も、甘えるような輝きも浮かんでいない。それでも明らかに最初の頃より、燿はミハイルを受け入れようとしているようだ。

ミハイルはうっすらと微笑すると、今度こそ燿に背を向けて、霊安室をあとにした。

数日後、燿は母親の遺灰を受け取ると、一度はアパートに戻ったが、その後しばらくはミハイルのもとで過ごしていた。

驚くべきことに、以前、ミハイルに買ってもらったものの、父親が返品して現金にしたはずの衣装すべてがクローゼットにかけられていたことだ。

そんなミハイルの気遣いに燿は確かに癒されていた。

いつもは、美しくも冷酷な表情を浮かべているミハイルが、燿を腕の中でくつろがせ、彼もまた心地よさそうだった。

自分だけに向けられる微笑みや、燿は特別な存在だと思わせてくれるミハイルの行動に、何もかもゆだねて飛び込みたい気分になることもある。

ミハイルは裏の社会に生きる危険な男だが、知性があり何事にも動じない強さもまた、燿が知る誰よりも備えていることも知っていたからだ。

耀はそんなミハイルに惹かれている自分を自覚し始めていた。

両親ともに失った。本来なら悲しみに囚われ、自分の殻に閉じこもってもおかしくない。だからミハイルは彼なりに耀を慰めてくれていたのだろうか。

いや、違う。ミハイルはどうにかして耀を従順にしたいのだ。彼が手に入れてきたあらゆる人間と違い、未だ服従しない耀に興味が続いているだけ。

だが、忘れてはならない。ミハイルにとって耀はゲームの中の駒《こま》でしかないのだ。耀のすべてを手に入れたとミハイルが満足した瞬間、すべてが終わりを迎える。

そんな不安を頭の隅に住まわせながら、耀は取り壊しの決まったアパートから荷物を出すため、セルゲイとともに、一時帰宅をした。

「どうせ不要なものしかないんだろうが。持っていても仕方がないんだから、全部、捨てたらどうなんだ？」

「……一人でやるから、外で待っててくれ」

つい先日、取り立て屋の飯塚達が荒らした部屋は、まるで空き巣が入ったような状態になっていた。

あまりにも乱れた部屋に、セルゲイは眉間に深い皺を刻むほど、嫌な顔をしている。

「だいたい、お前がいつまでもここに居座ろうとするから、彼が業を煮やしたんだぞ」

「……一つ聞いていいか？」

「何だ?」

「もしかしてこの場所、あいつが買ったのか?」

「正確には違うが、そう裏で手を回したのは彼だ」

「余計なことを……」

あまりにも急に取り壊しが決まったため、最初は勝敏を疑ったが、本当に疑うべき相手はミハイルだったのだ。そして燿の想像は間違っていなかった。

「いいから必要なものを段ボール箱に詰めて、私の部下に渡せ。せっかく連れてきたんだから、好きに使えばいいだろうが。ああ、身一つでミハイル様の許へ行くのもいい考えだと思うがな」

「口出しするな」

なんて汚い部屋なんだという顔で玄関に立たれた上、ああだこうだと言われると、鬱陶しくて仕方がないのだ。

「だがゆっくり片付けていられないんだろう?」

「分かってる」

燿は、今日の晩から工事現場のアルバイトへ復帰することにしていた。

飯塚達の取り立ては二千万を回収できたからか、家のドアには新たな催促状も貼られていないし、電話もない。だが、借金がなくなったわけではないのだ。

「週末だけのアルバイトにしておけばどうだ?」

「ここを追い出されても……ずっとあいつのところに住む気はない」

「もう、住んでいるだろうが」

「今はな。住むところを決めたら、あいつのところから出るつもりだ」

母親の死が櫂の思考をしばらく停止させていたが、日を追うごとに気持ちの整理がついて、この先のことを考えるようになったのだ。

今はミハイルのところに住んでいるが、長居をする気はない。

「そう言わずに、彼に従っておけ」

「俺はああしろこうしろと他人に命令されるのが一番嫌いだ」

「カジノのステージでは彼のいいようにされているのにか?」

「それとこれは違う。プライベートまで支配されたくないだけだ」

両親の衣服を荒々しくゴミ袋へと突っ込み、セルゲイを睨み付ける。確かに櫂はまだ二十歳に満たない子供だが、自立はしているつもりなのだ。

「なあ、櫂。悪いことは言わない。彼を怒らせない方がいいぞ。この間、思い知っただろうが」

「……ああ」

「だったら、素直に受け入れるんだな」

ミハイルの側に一番近いところにいて、彼の性格をよく知るセルゲイがどうしてこんなふうに言うのか、櫂には理解ができない。

「なあ、セルゲイ。あいつは……俺をどうしたいんだ？　仕事を斡旋《あっせん》してくれたことには感謝している。大金を稼がせてもらってるからな。だが、それだけの関係のはずだ。なのに俺の生活にまで口を出してくるのはどうしてだ」

「……なあ、耀」

「何だ」

「何故それほどまでに彼を避けようとする？　せっかくの好意だ。素直に受け止めたらそれでいいだろう。だいたい、彼がこれほどまでに気遣うのは、お前くらいのものなんだぞ」

「光栄に思えとでもいうのか？」

もちろん耀も心の奥底では甘えてみたいという気になったことはある。

自分だけは特別だと本当に思えたら。彼のすべてを受け入れ、それでも変わらないミハイルが側にいてくれるのなら、耀ももう少し素直になれたはず。

「そうは言ってないが、少しは感謝しろと言ってるんだ。お前は誰に対しても突っ張り過ぎだ」

「説教は不要だ」

「……お前がどれほど人に冷たくされて騙されてきたのか、改めて確認する必要はないだろう。だが、お前が感じてきた苦痛など、地獄の入り口にも達していない。その程度のもので自分は不幸だ、誰も信じられないというのは、ただ滑稽《こっけい》なだけだぞ」

「何が言いたい」

「素直に受け入れていい好意もあるということだ」

　櫂はその言葉に顔を左右に振る。セルゲイは頑固な櫂に呆れた表情を浮かべた。

「あんたはずっとミハイルの側にいるようだから分かるはずだ」

「どういうことをだ？」

「あいつが俺に興味を持つのは、自分の思い通りにならないからだ。俺が素直になってあいつに甘えるような日が来たら、すぐに興味を失うだろう」

　ここでセルゲイが否定してくれたら、櫂の考えが間違っていたことにならないだろうか。そんな期待を僅かに持ちつつ、セルゲイの返事を待つ。

「……どうだろうな。お前に関することは、私の予想を遥かに超えている」

「意味が分からない」

「なら、お前はどうなんだ？」

「……俺にはまだミハイルが必要だ。いや、正確にはあいつの下で働くことが必要だ。俺から興味を失われたら、解雇されるからな。だから俺はあいつが興味を失わないよう、支配されるのを拒み続けるしかない」

　ミハイルの興味を失わせないために、櫂ができることは一つしかない。どれほど苦しくても、櫂は抵抗し続けて生きていくしかないのだ。

「もしかして、櫂。お前は……彼を愛しているのか？」

驚くべき言葉をセルゲイから聞かされた櫂は、気管支に唾液《だえき》が絡まり、咳き込んだ。未だかつて考えたことのない感情だったから。

「……げほっ……げほ、げほっ！」

「おい。大丈夫か？」

「息が止まりそうなこと、冗談でも言うな」

「真面目に聞いたつもりだが」

セルゲイは細いフレームの眼鏡を人差し指で正し、涼しげな顔を向けてくる。櫂の反応を楽しもうとしたのか、本気で聞いてきたのか、よく分からない。

「俺にそんな感情はない。あんたこそ忠実な部下としてずっと側にいるのは、愛しているからじゃないのか？」

「お前の想像するような愛など感じたことはないが、彼にとって誰よりも信頼される存在でありたいとは願っているな」

「……そうか」

「私のことはいいから、さっさと荷物を作らないか」

自分のことをどうして櫂に話したのかという後悔があるのか、セルゲイは面白くなさそうに言う。

いつもミハイルの側で静かに佇んでいるセルゲイだが、櫂が想像するほど冷めた男ではないのかもしれない。

「あんたがうるさいからだ」

「どちらにしてもここからは追い出されるんだろうが。グダグダ言ってないで荷物をまとめろ」

「……手伝いは必要ない。自分でやれる」

櫂が怒鳴るとセルゲイはようやく理解したのか、髪を撫で上げてため息をついた。

「そこまで言うなら一人でやれ。終わったら外のトラックで待っているから、声をかけろ。お前がきちんとやり終えるまで、ずっと待っているぞ。あんまり手間をかけさせるな」

「……ああ、分かった」

櫂はようやく一人きりになると、黙々と捨てるものをゴミ袋に詰めていたが、急に空しさが身体を襲って、手が止まった。

ミハイルの家で暮らすことに何の意味があるのだろうか。

今はいいかもしれないが、いずれ櫂に飽き、着の身着のままで道ばたに放り出されることは分かっている。金や権力を持つ人間は珍しいものが好きなくせに、飽きるのも早いからだ。

「……意味がないな」

荷物を段ボール箱に詰める作業など不要だ。だいたい櫂に大切なものなど、もう残っていない。

ようやく父親の死をあれは事故だったのだと自分に言い聞かせ、折り合いをつけた。なのにこんなに早く母親まで失うとは思いも寄らなかった。

不思議なことに、いずれ母親は亡くなることを理解していてもなお、生きて笑う母親を見舞うたびに、明日も同じ一日がやってくると思いこんでいた。だから覚悟しているつもりだったのに、いざ母親を失ってしまうと、死をすぐに受け入れることができなかったのだ。

声を上げて泣くこともできず、かといって思いつく限りの謝罪の言葉を口にすることもできない。ただ無性に寂しくて、身体のあちこちが抉り取られたような痛みが延々と続いている。心は空虚で、からからに乾いていた。

自分にはもう守るべきものは何もない。残されたのは多額の借金だけ。

ろくでなしであろうと父親がいたから、助からないと分かっていても母親がいたから、櫂は過酷なアルバイトに励むことができたのだ。

多額の借金など、もうどうでもいい。踏み倒して姿を消すことにも躊躇いがない。この場に櫂を引き留めるものはなくなったから。

「……あいつにもらった絵だ」

ミハイルの画廊で魅入られた、なんてことのない風景画だ。初めて見たときはものすごく惹きつけられたのに、今は何も感じない。

櫂の中の何かが変わったのか。それともあの画廊で見たことに意味があったのか。

確かなことは一つ、絵は記憶からすっかり消されていたのに、ミハイルの姿だけはずっと居座っているということだ。

すべてを失い、半ば自暴自棄になっている櫂だ。明日にでも飽きられて道ばたに捨てられようと、ミハイルの側にいる選択をしても、いいかもしれない。

今のミハイルなら、櫂の希望を何でも叶えてくれそうだ。彼の好意をすべて受け入れ、あの広いペントハウスで好きなだけ惰眠を貪り、旨い料理をたらふく食べて、快楽を楽しむ。そんな毎日を過ごすのも楽しいだろう。

「……俺は何を考えているんだ」

あまりにも馬鹿なことを想像したからか、失笑が漏れた。

この先、何年経とうとミハイルの傍らにセルゲイがいる姿は想像できる。けれど櫂の姿はない。どう考えても想像ができないのだ。

自分は天涯孤独だということを受け入れようとしているのに、ミハイルの気まぐれな愛情は、櫂の決心をぐらつかせる。

カジノのステージでは、ミハイルの手によって櫂は身体だけでなく心までも解放された。

あの甘美な時間は様々なことに傷ついていた櫂を不思議なことに癒してくれていたのだ。

ステージの上では、どれほど乱れミハイルに惹かれようと、与えられる快楽のせいだと誤魔化せた。けれどこのままだと、そう遠くない日に快楽抜きで、櫂はミハイルにすべてをゆだねてしまうに違いない。

危険だ、距離を取らなくてはと自分に言い聞かせながらも、ミハイルには櫂を強烈に惹きつけられる。仮に彼を信じたとして、裏切られた後に櫂の心や身体を襲うのは、ただの苦痛ではすまないはず。

信じた人間に裏切られてきた。これ以上は、もう耐えられない。

櫂に必要なのは、段ボール箱に入った荷物でもなければ、借金を返すことでもなかった。ミハイルから逃げ、彼の目の前から姿を消すことだ。

櫂は両親の遺灰を木箱に入った骨壺《こつつぼ》からそれぞれビニール袋に移しゴムで留めて、引っ張り出したリュックに入れた。他に少しの着替えと、僅かだがそれでも櫂にとっての全財産がポケットにあることを確かめ、リュックを背負う。

表から出ると当然、セルゲイに見つかってしまう。

ならば、アパートの裏手に当たる窓から逃げ出せばいい。

櫂は絵をテーブルに置き、悩んだ末にメモや手紙を残さず、入り口とは反対方向にある窓から外へと出ると、雨樋《あまどい》を伝って下へと下りた。

アパートの裏は人一人ようやく通ることができる幅しかない。問題はどちらの方向へ出るかだ。

櫂はそろそろと北側へ向かって出ようとしたが、どういうわけかセルゲイの声が聞こえて、立ち止まる。

彼は誰かと携帯で話しているのか、行ったり来たりする足音と、少し潜めた声が響いていた。

「ああ、私だ。……それで、滝野の件はどうなったんだ?」

セルゲイの声とは逆の南側へ出るため、狭い通路で体勢を変えようとしていたが、自分のことだと気づき耳をそばだてた。

「……やはり伊織が絡んでいるのか。ではあのひき逃げ事故は故意だったんだな。……分かった。ミハイル様にはそう伝える」

父親の事故は仕組まれたものだった。その事実に櫂は衝撃を受けたものの、どういうわけか少し救われたような気もした。

確かに父親はギャンブル浸けのろくでなしだった。

病気の母を見舞う勇気もなく、家族を支えることも放棄し、あろうことか息子の櫂にすべてを押しつけた。

あれでも昔は真面目だけが取り柄の働き者だった。強すぎるほどの責任感が逆に父親の精神を追い詰め、ギャンブルに逃げるしかなかったのだ。

けれど、父親がそうなってしまったのは、櫂にも責任がある。だが、父親は決してそのことで櫂を責めなかった。

櫂にはまだやるべきことが残されていた。

自分はこれからどう生きていけばいいのか。ようやく答えを見つけた櫂は、いつしか笑みを浮かべていた。

ミハイルが画廊で客の接待をしていると、携帯の呼び出し音が鳴った。セルゲイからの連絡だと表示が出ていたため、客を店員の女性に任せると、携帯を耳に当てる。

「どうした？」

『耀が姿を消しました』

セルゲイから思わぬことを聞かされたものの、耀ならあり得る行動に、ミハイルは内心ため息をついていた。

「それで？」

『一人で荷物を詰めたいというので、外で待っていたのですが、あまりにも遅いので様子を見に行くと、姿がありませんでした。部屋の荷物は乱雑に並べたままなのですが、遺灰は木箱に入った骨壺だけで中身がありません。バイト先など耀が足を向けそうなところを手分けしてずいぶん捜したのですが……。申し訳ありません』

「遺灰を持って出たというのなら、戻るつもりがないのだろう」

母親を失った耀は、しばらく素直にミハイルのもとで過ごしていた。

いつもと変わらないように見えて、時間が経つほどに、耀は物思いに耽《ふけ》るようになっていた。

また、食欲も落ちてきていたことに気づいており、心の内を明かそうとしない耀に、ミハイルはやや危機感を抱いていたのだ。

『携帯はアパートに置いたままになっていますので……もしかすると逃げたわけではなく、遺灰を寺にでも持ち込んで、戻ってくるかもしれませんが……』

「自殺する気はないと思いたいが、早く見つけたほうがいい。いいか、死なせるな」

『はい。見つけ次第拘束し、ご連絡をいたします』

ミハイルは通話を終えると、苛立ちから何度も窓際を行ったり来たりした。

耀はずっと強いストレスに晒されていて、そのはけ口をカジノのステージやミハイルとのセックスに求めているようだった。

ただ、なおも解消されないストレスが耀の心には蓄積されていて、今にも吐き出されるのを、ミハイルは待っていた。

そのときこそが耀の全てを手に入れる瞬間だと、ミハイルは考えていたからだ。

もっとも、こんなふうに逃げ出すことも予想に入れておくべきだった。

「こんなにも耀に翻弄されるとは……」

再度、携帯の呼び出し音が鳴ったが、表示は勝敏だった。

「何のご用でしょう」

『滝野がここに来て、問題を起こしている』

「耀が？　どういうことです？」

懲りずに勝敏のところへ行った事実に、ミハイルは怒りが込み上げた。

両親を失った耀を気遣い、自分でも信じられないくらい、大切にしているミハイルに、また恥を掻かせようとしているのなら、許し難い行為だ。

『それが……自分の父親の事故は俺の部下が仕組んだと思い込んでいるようだ。滝野には手は出せないことだし、引き取りに来てくれると助かるんだが。俺の自宅だ。以前、来たからご存じのはず』

どんな罰を与えたら櫂が思慮深い行動をするのかと考えたが、そこには深い理由があったことを知ると、ミハイルは怒りを収めた。

もっとも誰から櫂は情報を得たのかが問題だ。

「すぐに伺いますよ」

『ただ、問題がいくつかある』

「なんでしょう？」

『滝野は自作の爆弾を持ち込んで、父親をひき逃げした私の部下をここへ連れてこいと、居座っているんだ。とりあえず宥めてはいるんだが』

櫂には心の奥底でとぐろを巻いている怒りのはけ口が必要だった。

それがこんな形で噴き出すとは思わなかったが、ミハイルは櫂らしい行動に、微笑が浮かべる。

だが、唐突に櫂の声が聞こえてくると、会話をやめて耳を澄ませた。

『俺は、俺の親父をひき逃げした実行犯を呼び出せと言った。相手が違うようだが、どうなってるんだ？』

『お前は何をしているのか、分かっているのか？』

『ああ、分かっている。だから、ここを吹き飛ばしてもいいかと聞いているんだ』

聞こえてくる櫂の声はいつものように落ち着いている。自分のやっていることに迷いはないようだ。

『今ここで殺さないのはお前がシェフチェンコのものだからだ。俺も協定は守らなくてはならないことを、先日思い知らされたからな。だが、だからといってお前が身勝手な行動を取れば、今度はシェフチェンコの立場がわるくなるはずだ』

『そんなことどうでもいい。俺の親父が死んだことにミハイルは関係ないからな。俺は親父を殺った奴を呼び出せと言ってるだけだ』

通話は唐突に切られ、ミハイルはすぐさまセルゲイへと電話をかけた。

もし櫂がミハイルのものでなかったら、勝敏は傍若無人な男を撃ち殺していただろう。今は大人の事情で理性を保っているが、そう長くは保たないはず。

勝敏には伊織の若頭としてのプライドもあり、櫂の振る舞いをいつまでも許していれば、部下への示しがつかないからだ。

もっとも物騒なものを隠し持っていたとはいえ、訪れた櫂をすんなり自宅へ迎え入れたのは、勝敏にも未だ諦めきれない下心があってのことだろう。

「……セルゲイ。櫂の行き先は分かったが、どういうわけか父親の事故は伊織の人間が仕組んだことを知っていた。心当たりはあるか？」

『私も今日知ったばかりで、ミハイル様にご連絡した……まさか』

「どこかで聞かれていたんだろう」

きっとセルゲイが油断していたのだろう。

『……申し訳ありません』

「次からは気をつけろ。いいな」

『はい。……まさか櫂は……伊織のところに行ったのですか？』

「そうだ」

『あの馬鹿っ！　……いえ、すみません』

珍しくセルゲイが感情的になっているのは、自らの失態に対する動揺だけでなく、櫂を心配していることが大きいのだろう。

こんなふうに思いやってくれる人間がまだ残っていることに、櫂が気づけないのは不幸でしかない。

「櫂は腹にダイナマイトを巻いてるらしいぞ」

『どこからそんなものを……』

「自作のようだ。まあ少し知識があれば、硝酸アンモニウムと軽油を用意して簡単に作ることができるからな。櫂もそうしたんだろう」

だが、どんな事情があろうと伊織組の若頭を櫂は脅しているのだ。組長へは先に手を回し、面倒なことにならないよう、櫂の尻ぬぐいをしてやらなくてはならない。

「そのようだな。さしずめ父親を殺した相手もろとも吹き飛ばす気かもしれないな。……面白い復讐《ふくしゅう》の仕方だ」

『……私が今すぐ伊織のところへ行って、櫂を引き取ってまいります。自宅ですか？　それとも事務所の方でしょうか』

「自宅の方だが、私が出向くとしよう。櫂が爆弾を腹に巻いてヤクザの若頭を脅すなど……度胸がある。これは見る価値があるはずだぞ」

予想を超えた行動に出ていた櫂だが、そこがまた愛おしい。どれほど面倒な尻ぬぐいであっても、彼のために行動することに、喜びすら感じる。ミハイルにとって櫂は特別なのだ。

『伊織の組長へは？』

「私から連絡をしておくが、櫂へ土産を用意するから、お前が用事を終えて先に伊織の屋敷に到着しても、私が行くまで櫂には会うな。今の櫂は爆弾そのものだ。簡単に火が付くぞ」

過酷な状況の中、自分だけが生き残ったことに対する罪悪感、サバイバーズ・ギルト。今の櫂はその状態だ。櫂にとって父親を殺した相手に復讐することが、心に重くのしかかる罪悪感を解消し、行き場を失った怒りのはけ口となる。

失うものなど何もない夢も希望もない櫂には、うってつけだろう。

『かしこまりました』

「向こうで落ち合おう」

ミハイルはセルゲイとの通話を終えると、すぐさま伊織の組長へ携帯をかけた。

勝敏の屋敷に到着したミハイルはセルゲイとともに、リビングに通された。

櫂はソファにふんぞり返るように座っていて、腹にはダイナマイトをいくつも巻き付け、右手にも一本手にしていた。自作だと分かるよう、細長い筒状のプラスティックに雷管を入れたものを、何本も腹に巻いている。

左手には火を付けたライターを持っており、向かい合わせに勝敏が退屈そうにしていた。

勝敏の部下は二人いてそれぞれ手にベレッタを持っていたが、構えることなく脇に添わせていた。

もっとも勝敏が命令すれば、櫂の額には穴が空いていたに違いない。

バイナリー爆弾だと中の液体は安定しているだろうから、腹に巻いていても心配はないだろう。

「伊織さん、ご迷惑をおかけして申し訳ありません」

「俺はシェフチェンコさんが彼を引き取ってくれたら、それでいいんですよ。まあ、よかったら座ってゆっくり話してください」

ため息混じりにそう言った勝敏だが、意外にこの状況を楽しんでいるようだった。そんな態度が櫂には気に入らないのか、眉間に皺を寄せて睨んでいる。

ミハイルは勝敏と少し距離をとってソファに座ると、斜め前にいる櫂の方を向いて微笑した。

「……どうしてあんたがここに来る？」

「今夜は面白いパーティが開かれていると聞いたのですよ」

「何か、ご用意しましょうか？　いい赤ワインがあるんですが」

勝敏は櫂の状態など無視したかのようにそう聞いてくる。

「氷水がいいですね」

「黙れ。俺はミハイルに聞いている。何しに来たんだ」

興奮している櫂は、ミハイルの登場に驚きつつも、腹を立てているようだ。

「貴方に土産を持参したのですよ。セルゲイ」

「はい」

セルゲイは、櫂が探していたひき逃げの実行犯を連れてくると、背を強く押して床へ転がした。

ユルユルと身体を起こしたものの、怯えた目で誰とも視線を合わせようとしない。

男にはすでにここに連れてきた理由を告げてある。言われたとおりにしただけだと叫ぶため、口枷と手錠をはめて黙らせた。

そろそろ頭が薄くなり始めた中年男性の登場に、櫂は顔をしかめる。

「誰だ」

「貴方が探していた男です」

「俺の親父をひき逃げした奴か？」

「ええ」

「どうして探せた？　もしかして、あんたも一枚噛んでいたのか？」

人を信用できない櫂の気持ちは理解してやれるが、ミハイルを疑うなどもってのほかだ。本当に櫂は可愛げがない。

「いいえ。ただ……貴方の後始末をして回っているだけです。貴方はやっかいな相手とやり合っていますからね。それより、貴方のために用意した土産を、どうするつもりです？」

「見つけてくれたことは感謝する。だが……そいつを置いて帰れ。あんたを巻き込む気はないんだ。俺は自分でけりをつける」

「こんなところで、盛大な花火を上げるつもりですか？」

「あんたに関係ない。帰れ」

想像していたような冷酷でふてぶてしい犯人ではなく、何処にでもいそうな中年の小柄な男性を前にした櫂は、落胆しているようにも見えた。

「復讐ですか、櫂」

「悪いか？」

「なら、この男だけ殺ればどうです？　何故、貴方まで道連れになるのです？　その気持ちは悪いが理解ができません。自分の父親を殺した人間と一緒に死ぬなど……私ならしない。負けた気がしませんか？」

「別に心中するつもりで来たわけじゃない。これは……勝ち負けじゃないからな」

心中するつもりはないが、暴力団の若頭の家でこれほど大それたことをして、無事に帰ることはできないという覚悟があるのだろう。もっとも、鞘から抜いて振り上げた剣を、櫂が素直におろせないでいるのは、今も心の中で怒りが渦巻いているせいだ。

どれほど犯人に不似合いな男であっても、櫂にとって復讐の矛先である限り、止められない。

「なあ、そいつを爆破したいなら庭でしてくれないか？　これでも家にはいろいろ金をかけているんだよ。地下は特にな。リフォームするには早すぎる」

勝敏は床に座り込んで震える男を一瞥《いちべつ》すらせず、櫂の方を向いたまま、そう言う。だが、櫂は馬鹿にされたと感じたのか、激しい怒りを表情に浮かべて、告げた。

「駄目だ。そいつは実行犯だろうが、あんたが命令したはずだからな。なら同罪だ」

「信じないだろうが、俺はそういう命令など部下にしない」

「暗黙の了解だろう。言葉にしなくても命令したのも同じだ」

櫂はミハイルが出て行こうとしないため、爆弾に火を付けることができずに、苛立っているようだった。

死を覚悟していても、一応、櫂にとってミハイルは巻き込みたくない相手なのだろう。それが分かるだけでも、後始末をして回った苦労が報われる。

「櫂、もういいでしょう？」

「いいから、あんたは出て行け」

「一応、私のことを気遣ってくれているようですね。だが、私が出て行けば、貴方は爆弾に火を付ける。そうでしょう？」

「ああ、そうだ。分かってるなら、俺に梟《けり》をつけさせてくれ。頼む……ミハイル」

櫂はここで死なせてくれとミハイルに懇願している。もっと可愛い頼みをしてくれるのを待っていたが、こういう頼みは聞いてやれない。

「貴方の父親はろくでなしだった。何度も殺したいと思ったはずです。誰かが代わりに叶えてくれて、貴方もホッとしたはずですよ」

「ろくでなしだろうが、それは関係ない。俺の親父は事故に見せかけられて殺された。息子の俺が復讐するしかないんだ」

「だから爆弾ですか？　……仕方ありませんね。復讐のやり方なら私が教えてあげますよ。セルゲイ」

「はい」

セルゲイは床に座り込んで震える男の上半身をテーブルの縁に押しつけ、手錠のはまった両手を載せる。男は顔を左右に振って呻いていたが、セルゲイは膝で男の背を押さえつけ、サバイバルナイフを手に持った。

「普通、けじめをつけさせる場合、日常生活のことも考えて、左から奪います。ですが……貴方の気持ちを考えて、利き手である右からにしてあげましょう。満足したところで、とめたらいい」

「……」

「せっかくのショーです。口枷を外してやりなさい。男の叫び声は貴方の復讐心を満足させるでしょうからね」

「よせ……俺は……いつものとおりに……」

セルゲイが口枷を外すと同時に男は声を上げた。だが、セルゲイは冷ややかな顔を崩さず、背後から脇に回って男の手首を足で踏みつけ、鋭いナイフで、親指を落とした。見る間に噴き出す血が白いテーブルを染めていく。

「ぎゃああ――――っ！」

「全く、親指一本で騒ぎすぎです。櫂……貴方もそう思うでしょう？」

切り離された親指を自分のグラスに落とす。血を滲ませながら沈む親指に、櫂は目を細める。

「……」

「次は人差し指にしましょう」

「若頭っ……俺を……助けてくださいっ……俺……俺はっ！　ぎゃあああ――――っ！」

セルゲイは僅かも表情を変えることなく、人差し指を落とした。テーブルの上に広がる血は、床へも滴り落ちて、高価なカーペットに染みを作る。

勝敏は男の落とされていく指よりカーペットが気になるのか、身体を屈《かが》めて下を覗き込み、深いため息をついていた。

「どうしてこう、小物は騒がしいのでしょうね。この程度で人間は死んだりしません」

人差し指も同じように、グラスに落として眺める。水は真っ赤に染まっているものの、沈む指は、血の気を失っていて白っぽい。

「あんた……どういうつもりだ？」

そう言った櫂の声は必死に悟られないようにしていたが、確かに震えていた。

どれほど虚勢を張ろうと、血を見慣れるにはそれなりに経験が必要だ。映画やドラマで流れる血など、本物には敵わない。

「爆弾に火を付けて道連れにしようとしていた貴方が、何故、私に疑問を投げかけるんです？　ナイフで指を切り落としてバラバラにするのと、爆発でバラバラになるのと、どれほどの違いがあるのか、教えてください」

「……」

「次は中指です。ああ、その前に水をかけて起こしなさい」

二本落としたところで、あまりの痛みに気を失った男を起こすためにミハイルはそう言ったが、櫂は非難を滲ませた声を上げた。

「ミハイルっ！」

「何です。もういいのですか？」

「人の指を切り落として……何故、冷静でいられる？」

この状況で動揺しているのは櫂だけで、勝敏も含め誰も大量の血に顔を歪めたり、男の叫び声に耳を塞ぐ人間はいない。

櫂は気づくべきなのだ。自分の住む理解できる世界の人間はここにはいないのだと。

「貴方が私の年齢に達する頃には……もしかすると理解できるようになるかもしれません」

「……何年経っても……理解はできないな。俺は……あんたじゃない」

「確かに。ですが、話していても仕方ありません。中指だ」

「許して……許してくれよ。謝るから……いくらでも謝るから……もう……許してくれよ」

起こされた男は苦痛に喘ぎ涙で顔をぐしゃぐしゃにしながら、櫂に向かって懇願していた。櫂だけが自分を救える人間だと気づいたからだろう。

だが櫂は男を見下ろしたまま、何も言えずにいる。

「許してはくれないようですよ。……やれ」

「頼む……もう……やめてくれ……っ！」

「待ってくれ！」

櫂は目をギュッと閉じて、叫んだ。

ミハイルはセルゲイを制し、ナイフの刃を男の指から離す。

櫂は深呼吸をして、ゆっくりと目を開けると、血まみれのテーブルから視線を逸らせたまま、ぽつりと呟いた。

「俺は……虐待したかったわけじゃない」

「変ですね。肉親を殺された恨みには、苦痛を与える虐待が選ばれるものです。流れる血の量も半端ではない。輸血をしながら、虐待することもあります。だいたい、指を切り落とすなど、虐待のうちにはいりませんよ」

「……俺は……」

復讐がどういうものかを理解したとしても、櫂はミハイルのように残酷にもなれないし、懇願に対して無関心にもなれないだろう。櫂はここで誰よりも人間らしい感情をもっていて、決して失うことがない。そこにミハイルは惹かれるのだ。

自分にないものを、遠い昔に捨ててしまったものを、たとえ何があろうと持ち続けることができる櫂に。

「この男が失血死するまで付き合ってあげますが、続けたいですか？」

「もう……いい」

櫂は手に持っていたライターを床に落とすと、身体を折り曲げるようにして俯《うつむ》き、何度も髪を撫で上げた。

結局、吐き出せなかった怒りが、身体の中で出口を求めて暴れ回っているのだろう。

「セルゲイ」

「はい」

『医者は手配してある。これを持って表に待たせている車に乗せて行かせろ。指はまだ繋がるだろうからな』

ミハイルはロシア語でそう言うと、切り落とした指を入れたグラスをセルゲイに渡した。

『費用はこちらで持つ。慰謝料も充分用意してやると話しておけ』

『かしこまりました』

男は、指を切り落とされた苦痛から、セルゲイだけでなく命令を下したミハイルを恨んでいるはず。だが、ひき逃げしたという罪の意識もあるため、充分ケアしてやれば、後々いい駒として使えるようになる。

セルゲイは指の入ったグラスを片手に、男を引き連れてリビングから出て行った。しばらく口を閉ざしていた勝敏が、首の後ろを掻いて退屈そうに言う。

「俺もそろそろ出て行っていいですかね？」

「あんたは駄目だ」

櫂は顔を上げると、勝敏を睨み付ける。もう何もできないと理解したはずなのに、ようやく見つけたはけ口を目の前にして、諦めきれないのだろう。

「なら、彼にも指を落としてもらいますか？　時間はたっぷりあることですし」

「勘弁してくださいよ」

「貴方の父親でもある組長からは了解してもらっています」

「てめえっ、ふざけるな！」

「いいから、お前達は黙っていろ」

勝敏は部下をたしなめ、ミハイルへ微笑を向けてくる。当然、ミハイルも同じように笑みを返した。

彼はこちらが本気ではないことに、気づいているのだ。

もっとも櫂が心から望むことなら、ミハイルはなんだって叶えてやるつもりだが。

「どうします、櫂」

「……俺は……」

「相手はどうせ暴力団の人間です。くずなどどうなってもいいですよ」

ミハイルの言葉にまた勝敏の部下が反応したが、片手を上げて制していた。

しばらく部屋には沈黙が下りていたが、いつまで経とうと櫂が口を開かないので、ミハイルは勝敏に言った。

「貴方にも用はないようですね。できればしばらく二人きりにしていただけませんか？」

「これで先日の件は、なかったことにしてくださいよ。では……俺達はこれで」

勝敏は部下を引き連れ、ホッとした足取りでリビングを出て行った。入れ替わりにセルゲイが戻ってきたが、ミハイルと視線が合うと、全てを理解したように、きびすを返す。

櫂と二人きりになると、ミハイルは移動して彼の隣に座った。

「何故、黙っているのです。貴方は爆弾まで持ち出したくせに、ただ脅したかっただけだったのですか？」

「違う。俺は……本気だった」

本来なら、もう解放されてすっきりした顔をしていてもいいはずなのに、燿は膝を小刻みに震わせて、未だ苦痛を堪えた表情をしている。

「貴方の怒りは恨みからではないようですね。恨みなら、虐待する姿に多少なりとも喜びを見いだすはずです。なのに、貴方の顔には苦痛しか浮かんでいません。何故です？」

「……」

「燿……もしかして貴方は……自分に怒っているのですか？」

ミハイルの言葉に燿は顔を上げ、こちらを睨み付けてきた。黒い瞳には後悔と痛みが浮かんでいて、今にも泣き出しそうに見える。

「黙れ」

「ろくでなしの父親を見放さなかった……家族という以上に何か意味があった」

「黙れと言ってるんだ！」

立ち上がろうとした燿をミハイルは肩を摑んで押しとどめて座らせると、更に言葉を続けた。

ここで燿を逃がすわけにはいかない。自分自身に向き合わせて、何が燿を苦しめているのか、追い詰められている今しか知ることができないからだ。

燿が苦痛から解放されるのも、今このときを逃して——ない。

「……貴方が何かミスをしたのですね。だから父親を憎みきれなかった」

「やめろっ！」

「どうせ死ぬ気だったのなら、吐き出してしまえばどうです？」

「……」

「櫂」

ミハイルが櫂の腕を摑んで名前を呼ぶと、喘ぐように呼吸をして、絞り出すように言葉を発した。

「俺が……」

また、しばらく沈黙した櫂は、目を泳がせていたかと思うと、急に目を閉じて俯いた。膝に置いた手は筋が白く浮き上がるほど力が込められている。

ミハイルが根気よく言葉を待っていると、ようやく櫂は口を開いた。

「俺が借金を……倍にした」

「貴方が？」

「ああ……そうだ。俺はガキだった。あいつらの口車に乗って……賭をした。それが罠《わな》だということに気づかず……馬鹿だった」

櫂は堪えていた言葉を吐き出すと、胸のつかえが取れたのか、どこか安堵にも似た表情になった。

だがそれも一瞬で、後悔がまた櫂の顔を歪ませる。

「親父はギャンブルで身を落としても……俺がどんなに怒鳴ろうとも……親父はそのことについて絶

対に俺を責めなかった」

「……だが、責められないことが余計に貴方を苦しめたのですね」

どうして父親を捨てられなかったのか、耀に罪悪感があったからだ。

家長としての責任を放棄し、病気の母親を見舞うこともできなかった父親だったが、決してそのことで息子の耀を責めなかった。

ろくでなしであろうと父親は息子を愛していたのだろう。

「……ああ」

「耀、貴方は充分責任を果たしました。だからもう……貴方が背負う荷物は下ろしていいんですよ。誰も責めたりしません」

「……っく……う……」

耀は、まるでそうすれば周囲から見えなくなるとでも言うように前屈みに身体を折り曲げ、目元を両手で押さえて身体を震わせていた。

嗚咽《おえつ》を必死に押しとどめようとしているからか、声は唸っているようにも聞こえる。

これ以上、耐えることなどないのに、耀にとってはこれが苦痛を吐き出す精一杯の表現なのだ。

かたくなで傷つきやすい自分を隠すために、耀は虚勢を張る。手を差しのべようとする者を遠ざけ、自分の殻に閉じこもるのだ。それが自衛であり、心を守る最後の砦《とりで》。

もう一押しで陥落するだろう。

「耀が望む限り、私は貴方の側にいます」

ミハイルの言葉に、耀は目を覆っていた手を離すと、目を潤ませながらも、怒ったような表情を向けてきた。

本当は誰にも知られたくなかったことを、ミハイルに打ち明けてしまったことに後悔しながら腹を立てているようだ。本心では安堵しているなずなのに。

ミハイルはこんなにも耀の助けになろうとしているのだから、少しばかり感謝してくれるといいのだが、やはり耀は手強《てごわ》い。

「そろそろ、帰りましょう」

「……分かった」

「まず、その物騒なものを外して置いていきなさい」

耀は素直に腹に巻いていた爆弾を取りさると、少し疲れた顔で立ち上がった。


ずっと心の奥底に沈めていた、罪悪感の理由。生きている限りいつまでも苦しまなくてはならない。解放されたかった。罪悪感だけでなく、肩に載った様々なしがらみから。

誰かに知られるのが怖かった。状況を更に悪くした原因を作ったのが自分の愚かな行為のせいだと、他人から責められるのが怖かった。

ミハイルの言うように、父親にお前のせいだと責められていたら、もう少し楽になれた。なのに父親は絶対に責めなかった。あれこそが父親の息子に対する愛情なのだと思うと、慰められながらも罪悪感に苦しめられてきたのだ。

ずっと誰かに打ち明けたかった。もう、限界だったのだ。

その相手にミハイルがなるとは、想像もしなかったが、今は不思議と心が軽くなっている。

ただ、だからといってこれからどう生きていけばいいのか、全てを放棄しようとした後では、何の考えも思い浮かばない。

気がつけばミハイルの家に戻されていて、寝室のベッドで裸にされていた。目はマスクによって視界を、鎖によってヘッドボードに繋がる手枷が両手の自由を、奪っている。

「貴方の尻拭いのために、ずいぶんと奔走したのですよ」

「あんたの好きにすればいい。いつもしてるようにな」

今日に限って櫂は、我を失うほどセックスに浸りたいのだ。自分が誰なのか記憶を失うほど、何かに没頭したい。

ミハイルならそうしてくれるはず。

「私には貴方の考えが手に取るように分かるんです」

「……っ」

冷たい指先が乳首に触れ、不意を突かれた櫂は身体が跳ねた。

視界を奪われていると、ミハイルの行動が読めず、心拍数が上がる。彼は側にいる。隣に身体を横たえ、鎖に繋いだ櫂の全てを余すところなく見つめているのだろう。

ミハイルの視線がどこに向けられているのか。立った乳首だろうか、それとも筋肉の窪みだろうか。いや、まだ勃起していない雄だろうか。

それらを想像しているだけで、身体が熱くなる。

「身体が沸騰するほど、激しく突き上げられたい……そう望んでいるのでしょう」

「……っあ……」

「でも簡単には望みを叶えてやるつもりはありません」

「……っう……」

ミハイルの舌が腹に触れたかと思うと、鳩尾《みぞおち》の窪みに移動し、そのまま上へ移動してくる。生温かくもねっとりした感触に、身体の奥が疼く。

「あっ……」

舌は更に移動し、櫂の顎を伝って頬へ向かった。唇の周囲を愛撫されるのに、肝心なキスはされずに、ミハイルの唇は離れていった。

そういえばキスをされたことがなかった。何故なのか。手の内に入らなければ、与えてもらえないのだろうか。

「……っ！」

暗闇の中、次に何処を触れられるのか分からない状態は、渇望を生む。欲しいと願う場所にいつ触れてくれるのか、それとも櫂が驚くような場所に触れるのか。

「目隠しを……取ってくれ……」

「駄目ですよ」

「どうしてだ？」

「何故、目隠しを外したいんです？」

クスクス笑いながらミハイルの唇は耳朶に触れて、耳の裏側を愛撫する。

覆い被さるミハイルの身体はすでに裸なのが分かる。彼の乳首が胸に擦れ、櫂は電流が流れたような快楽が走り、手足に力が入った。

足の指先に皺になったシーツが挟まって、攣りそうだ。

「……見たい」

「何を？」

「あんたを見たい」

彼の瑞々しい唇は次に何処へ触れるのか。あの冷酷な美貌は、どんな表情で櫂を見つめているのだろうか。ミハイルも櫂を欲し、欲情を瞳に浮かべているのか。

「どうしてです？」

「どうして……とは?」

「いつもと違う……だから、見たいのでしょう?」

そのとおりだが、素直に言えるわけもなく、燿は否定した。

「そういうわけでは……っん……」

ミハイルの手が燿の雄を摑み、緩やかに扱かれる。今までのように一気に追いつめるような激しさはなく、雄の中に湧き上がる精液も、ゆっくりと満ちていく。

ジリジリと真綿で首を絞められていくような、じれったい愉悦が身体を覆う。

「燿、何故目隠しをしていると思います?」

「あんたが顔を見られたくないんだな」

「いいえ。別に見たければ見せてやってもいいですよ。ただ……」

「なら、もったいつけずに、見せろ」

自分でマスクを外そうと顔を激しく振ったが、無駄だった。両手は万歳するように繫がれているため、できない。

「頼む……ミハイル……」

「視覚を奪うことで、余計な情報を遮断しているのです。貴方が集中できるように」

「いつだって集中しているはずだ……ひっ!」

右の双球の皮を引っ張られたかと思うと、クリップのようなもので摘まれた。燿が声を上げている間に、左の双球の皮も同じように、摘まれる。鋭い痛みと快楽が同時に灯り、尻が左右に揺れた。

「いいえ、自分自身に集中させようとしているのですよ」

「俺……っ！」

雄を覆う包皮が根元まで押しやられ、蛇腹のようになった皮にやはり冷たい金具の感触が伝わり、次に鋭い痛みが走る。

思わず上がった声は、ミハイルの唇にかすめ取られて、ようやく舌が絡まってきた。

櫂は貪るようにミハイルのキスを味わい、何度も舌を絡めては、吸い付いた。

なんという甘美な痺れ。キスは好きだ。舌が絡まっている感触は最高に心地いい。これだけで射精ができるほど、鮮烈な刺激だ。

櫂は何度も自ら舌を絡めては吸いつき、ミハイルの舌を放さなかった。

「ん……っう……ふ……」

あとは息が止まるほどミハイルを抱きしめたいのに、手の自由が奪われているため、できない。身体は触れ合っているのに、密着度が足りないのだ。

それでもミハイルの雄が櫂の剝き出しになった雄と触れ合い、射精感が高まる。

「……っん……あっ……も……もっとくれよ……」

重ね合わさっていた唇が離れ、櫂はまだ足りないとばかりに舌を出した。そんな自分に羞恥を感じながらも、そんなことは些細なことだった。

今、求めているのは、ミハイルの雄に突かれることだ。腹が割けるほど強く。

「ミハイル……焦らすな。さっさと挿れろ」

「まだですよ」

「……っ」

「貴方は激しくされたいのですか?」

「そうだ。……悪いのか?」

彼の振り下ろす鞭で切り裂かれても、鎖で吊り上げられて、一晩中いたぶられても、いい。

痛みと快楽はいつも背中合わせで、どちらも櫂を現実から逃避させてくれる。

「今まで私が与えた苦痛は、さぞかし貴方の罪悪感を和らげたことでしょうね。快楽は貴方の心を日常から解き放つ唯一のものだった。だが……今は違います。優しく触れられると……居心地悪く感じるのでしょう?」

「ミハイル……頼む……」

「貴方を優しく扱ってやろうとしているのですよ」

ミハイルの言葉が発せられると同時に息が身体に触れる。ただそれだけなのに、櫂は身体が熱く火照り、身悶える。

優しさなど必要ない。激しく揺さぶるような愛撫が欲しい。

「そんなもの不要だ。俺はあんたのペニスが欲しい」

「嫌ですか？　甘やかすように触れられ、保護されるように抱きしめられるのは」

そう言ってミハイルは、燿の身体を包み込むように抱きしめる。密着する肌の温もりに、喜びを感じながらも、足りない愉悦に顔を左右に振った。

「……よせ」

「じっくりと……味わう快感はどうです？」

「やめてくれ……」

「愛される喜びを教えてやろうとしているのですよ。快楽の喜びだけでなく……」

クリップが全て取り去られ、指先が尻の谷間に滑り込む。硬い蕾に指先が触れると、燿は期待に胸が躍った。

指は蕾の縁を撫で回していたが、しばらくするとローションが落とされ、硬い入り口が解されていく。粘着質な音は、やけにいやらしく響いて、視界を奪われた燿の快楽を煽った。

「そこだ……もっと触ってくれ……」

「もう少し、奥ですね」

二本の指が中に沈んで、燿の快楽のポイントを探して、移動する。ちょうど自らの雄の付け根を内部から擦られ、燿は思わず射精していた。

「っ……ああっ！」

「なんです、指を挿れただけでイったのですか？」

「……くっ」

ビクビクと痙攣する櫂の雄は、腹に精液を撒き散らし、ミハイルの腹も濡らす。けれどミハイルの勃起した雄はまだ解放されていないことが分かるよう、触れる肌から蜜をためてむっちりと膨らんだ肉の感触が伝わってくる。

「顔が赤いですよ。珍しい」

「俺は……」

ようやく両足が抱えられ、ミハイルの雄が櫂の蕾に触れた。そのまま一気に挿入されるのだろうと、思わず唾《つば》を飲み込み、すぐさま訪れるであろう、快楽の渦を待つ。

が、甘かった。ミハイルは、次の行動に移らない。櫂は怒りすら感じて、マスクの下からミハイルを睨み付けた。もちろん見えはしないが。

「俺は何です？」

「ただ……うっ！」

雄の切っ先が、解れた蕾をじわりと開く。驚くほどゆっくりと入り口がこじ開けられて、勃起した雄が内部に侵入してきた。

「あ……ああ……あ……っく」

下肢からうねるように押し寄せる快楽が、櫂の身体に悦びを与えてくれる。一気に突き挿れられる激しい抽挿もいいが、焦らすように挿れられるのも、悪くないことに気づいた。

視界が奪われているからか、内部にある雄の感触が、いつも以上に生々しく伝わってくる。

「ゆっくり動いてあげますよ」

「……っ」

ミハイルの勃起した雄は、恐ろしいほど奥まで入り、ゆっくりと引き抜かれていく。襞が雄の動きに合わせて擦れ、いつもと違う緩やかな甘い拷問に、櫂は声を上げ続けた。

「……あ……ああっ……あ……」

「ジワジワと身体に満ちる快楽も、味わいがあるでしょう？」

「……っう……く……う……」

「そう抵抗せずに受け入れなさい。なんです、玩具を突っ込まれても、鞭で叩かれても、素直に受け入れることを覚えた貴方が、どうしたのですか」

波に揺られる船のように、大きくそしてゆっくりと繰り返される抽挿に、櫂は焦れた。

確かに悪くはない。快楽は充分伝わってくる。ミハイルの言うように、こういうセックスも味わいがあるだろう。だが、これでは足りないのだ。

「ミハイル……足りない……」

「足りないのですか？」

「強い刺激が欲しい。身体が裂けるくらい……」

「仕方ありませんね。では集中しなさい、自分自身に」

抱えられた足の両膝が自分の胸に密着するほど折り曲げられ、ミハイルの雄が最奥を突いた。そこで一気に抽挿が加速し、息をする暇もないほど、激しく揺さぶられる。

摩擦で熱を発したそこは、溶けてしまいそうなほど心地いい。求めていたのはこの激しさだ。

「……っあ……あっ……あっ！」

「暗闇の中、何が見えますか？」

「……俺……俺は……っ」

「そこは貴方の心の中でもある。今は何が見えているのです？」

目をマスクで覆われ、視界が奪われていても、はっきりと見える。美しくも恐ろしいミハイルの顔が。彼の射貫くような視線が感じられ、櫂はますます欲情するのだ。

「あんたが……見える」

「私だけですね？」

「あ……ああ……あんただ。……ミハイルだけが……俺を……狂わせる」

「それを心と身体に叩き込むことです」

ミハイルはきっと微笑しているはずだ。

人を惹きつけてやまない、素晴らしい微笑みに違いない。しかも櫂にだけ向けられるものであって、他の誰も知らないものだろう。

櫂は自分の目で確かめたくて仕方がなかった。

「目隠しを取ってくれ。頼む……あんたを、見たい」

「いいでしょう」

ミハイルはマスクを取り去ると、手枷も外した。目はすぐさまミハイルの視線を受け止め、自由になった手はミハイルの背に回る。

耀が想像していたように、ミハイルの微笑は神々しくもあった。何者にも負けない強さと知性を持った、支配者たるべき男。どのようなことでも可能にする権力と金も持っている。

この男の抱擁に身を任せたいと、今までどれほどの人間が希《こいねが》い、叶えられずに失望してきたのだろうか。

なのに、耀にだけは叶えてやると、ミハイルは告げたのだ。

一時の気の迷いか、気まぐれか。猫がネズミを弄ぶように、耀の反応を楽しむため、からかっているだけなのか。

「……」

「どうしました？」

「本当に……俺が望めば……あんたは側にいてくれるのか？」

「そう約束したはずです」

「何故だ。何故……俺なんだ？」

ミハイルからすると耀などゴミだ。いくらでも拾うことができるし、また捨てることもできる。

なのにどうしてこれほど櫂に興味を持っているのだろうか。

「それはセックスの後にしませんか?」

「今、聞かせてくれ」

「貴方はどうせ、信用しないでしょう」

「いいから教えてくれ」

自分にどれほどの価値があるのか、櫂は知りたかった。

何故、ミハイルがこれほどまでに櫂を求めてくれるのか、理由を聞きたかったのだ。

「……櫂……貴方を愛しているからですよ」

「そんなのは……嘘だ」

ミハイルは恋愛などしない。愛など恋など真剣に語るタイプではないはず。

人を惑わす美しい悪魔は人を弄ぶことはあっても、愛することなどない。

櫂はミハイルをそういう人間だと考えてきた。なのに見上げるミハイルの目は、相変わらず吸引力があるものの、瞳には誠実な光が灯っているように見えた。

信じていいのだろうか。この男の広げる手の中へ、飛び込んでもいいのだろうか。

「櫂……嘘偽りなく……愛しています」

ミハイルはもう一度、櫂の耳元でそう囁き、耳の穴に舌を入れてきた。

生暖かい舌から伝わるねっとりした感触に、櫂は身震いする。快楽と安堵が複雑に入り混じり、胸が熱いもので満ちてすぐさまいっぱいになり、怒濤《どとう》のように溢れ出す。

この自分の熱い気持ちを抑えることなど、もうできない。

「……っ」

もう限界だった。自分の気持ちを偽ることが。

燿はミハイルを愛してしまったのだ。ミハイルの告白が、たとえ強情な燿を手に入れるだけの為につかれた嘘であったとしても、いい。逆に大義名分にできる。

想《おも》いの言葉は口からは零《こぼ》れなかったが、代わりにミハイルの背に回した手に力がこもる。自分でも息苦しくなるほどミハイルにしがみつくと、燿は初めて声を上げて泣いた。

櫂はミハイルの用意してくれたクルーザーに乗り、彼とともに東京湾《とうきょうわん》沖に出ていた。

頭上にある太陽から降り注ぐ光は肌を焼き、額には汗を浮かばせる。

シャツにジーンズといったラフな恰好の櫂とは違い、ミハイルは相変わらず暑苦しそうなスーツ姿だ。なのにミハイルは額に汗の一つも浮かべず、涼しげにしている。

この男は特別なのだと思うことにして、櫂は潮の香りを含んだ風に目を細め、両親の灰を撒くのに良さそうな場所を探した。

「この辺りでいい」

櫂の言葉にミハイルが手を上げ、クルーザーは停まった。

「もっと美しく澄んだ場所がありますよ。本当にここでいいのですか？」

「海は全部繋がっている。どこに流そうと、親父達は行きたいところに行けるはずだ」

「確かにそうですね」

ミハイルはサングラスの向こうに見える目を細め、櫂を気遣うように肩を叩く。その手を払い、櫂はリュックから遺灰を入れたビニール袋を取り出し、中身を海面へ向かって撒いた。

遺灰は海を渡る風に捕らわれ、広範囲にわたって散り、海へと沈んでいく。

ついこの間まで自分と同じ肉体を持ち、楽しく会話して食事をしていた人間のなれの果てがこんな灰なのかと思うとやりきれない気になる。

もっとも、いずれ自分もこうなるのだ。ならば死んだ後のことを思い悩む必要などないのかもしれない。

死後の世界など、生きている人間に知る術《すべ》などないのだから。

「……悲しいですか？」

「ああ」

両親は社会の刻々と変わっていく時代に呑み込まれてしまった。それでも幸せな時が確かにあったし、櫂の記憶に残すのは、楽しかった思い出だけにすればいい。

もう両親は苦しみから解放されたのだ。

最後に櫂が解放されるだけで全てが終わり、新たな人生が始まるのだ。

「あんたの両親は？」

「とうの昔に死にましたよ」

「あんたも……悲しんだのか？」

ミハイルは答えず、ただ微笑するだけだ。

この世で誰よりも悲しみという言葉から遠い場所に、ミハイルは立っている。そんな男に問う質問ではなかった。

「……愚問だったな」

しばらく手すりに掴まり、波の動きを目で追っていた櫂に、ミハイルは見覚えのある証書を差し出した。父親の死の代償として支払われる保険金の証書だが、伊織の取り立て屋に奪われたはずのものを、どうしてミハイルが持っているのだろう。

「貴方の好きにしなさい」

「……どうしてあんたが持ってる？」

「貴方の借金の証書を私が買い取っただけです。金貸しの間ではよくあることですよ」

「余計なことをするな」

ミハイルはこうしてみると本当に過保護だ。

櫂のためにあらゆる手を尽くしてくれる。両親でもできなかったことを、この男は可能にしてくれるのだ。

「……」

今後は取り立て屋の姿を見ることもなくなり、平穏な日常を取り戻せるかもしれない。

もっともミハイルは、借金を理由に櫂を縛り付けようとしている可能性もある。

「俺は……借金を踏み倒す気はない」

「当然です。いいですか、貴方の借金がなくなったわけではありませんよ。支払う相手が替わっただけですからね」

「……そういうことか。ならいい」

たとえミハイルが櫂に飽きたとしてもすぐに切り捨てられない事情ができたということだ。

ミハイルの側にいる理由ができた櫂は、それが借金返済であろうと、なんだか嬉しかった。

「どちらに払うのも同じでしょう」

「どこかで……聞いた台詞《せりふ》だな」

「父親の保険金で貴方の借金は帳消しになりますが、どうします？」

「かなり足りないはずだ」

もともとの借金は二千万だが、利子や櫂の失敗で増え、七千万円にもなっていた。いくら払っても利子ばかりの精算で、本体はまだ一円も手がつけられていない。

たとえ二千万円の保険金があったとしても、帳消しにはならないのだ。

「貴方が倍にした借金のことですが、伊織の組長と話をつけたのです」

「……それには何か条件があるはずだ」

「いえ。だいたいギャンブルでしくじったからといって、借金が倍になるなど違法ですからね」

「闇カジノのオーナーが言う台詞か」

櫂の知らないところで、大金を稼いでいるミハイルが常識を口にすると、なんだか気持ちが悪い。

「世間で言う法律とは違いますが、私達にも守るべき規則があるのですよ」

「法定金利を守るのがか？」

「そうですね……別に借金が倍になるのは、私達の世界ではよくある話です。そこに問題はありません。ただ……私の店で働く人間に手を出すとなると、違反になるのですよ」

あれから数日経っても、鮮烈な血の色が頭に蘇《よみがえ》り、櫂は不快感から顔が歪んだ。

温かい血がテーブルに盛り上がるようにして広がる様は、思い出すのも苦痛だが、まだ記憶に鮮明に残っている。

「……指……切るくらいのことだったのか？」

「それ以上のことも」

ミハイルは顔色を変えず淡々とそう言う。

あんなにも血を流した男は、まだ生きているのだろうか。

「あいつはどうなった？　死んだのか？」

「復讐の為に爆弾で吹き飛ばそうとした人間をなぜ心配するのです？」

「……分からない。自分でも……な。今も複雑だ。今も、あいつが勝手にやったとは考えられないことだからな。親父をひき殺すことを、上の人間が命令してるはずだ」

父親を殺した人間を道連れにすれば楽になれると考えた。けれど指を落とされ泣き叫ぶ男を見て、余計に苦痛が増した。せっかく作った爆弾も、落とされていく指も櫂を慰めてくれなかった。

結局、胸に巣くっていた罪悪感は、ミハイルに打ち明けることで少し楽になったのだ。

「借金の取り立ての方法は、下に一任されていることがほとんどですよ」

「伊織勝敏は……本当に命令を下していないと思うのか？」

「上の人間がチンピラの借金の取り立て方法までいちいち指示を出すと思いますか？」

ミハイルの言うとおりだろうと、頭では理解したものの、感情はなかなか追いつかない。

以前、勝敏の家で見た男は冷酷にはとても見えなかったし、どちらかというとあの男もまた、何かの清算のため、ひき逃げをしたような気がしたからだ。

だったら憎むべき相手は、そういう男を使って父親を殺そうと企《たくら》んだ者になる。そちらを憎む方が耀にとって楽だったから。

「父親をひき殺した男に消えて欲しいですか？」

「……」

「では、生きていて欲しいのですか？」

「俺が聞いているんだ。生きてるのか、死んでるのか。どうなんだ」

肩越しに振り返って怒鳴ると、ミハイルはグラスを片手に優雅にワインを飲み、くつろいでいる。

この男ならきっと、凄惨《せいさん》な拷問を眺めながらもこんなふうにくつろげるに違いない。

「教えてくれ」

「あの後、病院に運ばれて、指は無事に繋がったそうですよ」

「どうしてだろうな……それを聞いて……ホッとした。親父をひき殺した奴なのに……な」

爆弾で全て吹き飛ばそうと躍起になっていたあの、自分でも抑えきれない衝動はもうすっかり消え去っていた。

今はただ、何もかも空しいだけだ。

「また復讐したくなったら、自分でなんとかしようとせず、私に話すのですよ。何をするにしても通しておかなければならない筋がありますからね。その代わり、あとは貴方が望むよう、私が手配してあげます」

「……あんたは本当に怖い人間だ」

「よく言われますが、それほどでもないのですよ」

ミハイルはいつになく機嫌がいいのか、微笑を絶やさないものの、騙される櫂ではない。

「嫌みにしか聞こえないな」

「……話を戻しますが、借金をどうします?」

「これは……手をつけずに置いておく。借金は俺が働いて、何年かかってもあんたに払う。それでいいか?」

ミハイルから手渡された保険の証書を眺めながら、櫂は言った。

借金を払い続ける不毛さにはうんざりしている。なのに、保険金で借金を綺麗にできることが分かっても、櫂には使えないのだ。

もちろん借金がある限りミハイルの側にいる理由ができるだろうが、それだけではない。

保険金は、両親が最後に残してくれた、愛情そのもののような気がしている。そんな大切な金を、借金返済になど使いたくなかったのだ。

「好きにしなさい。貴方のものです」

ありがとうと言おうとして、櫂は言葉を呑み込み、証書をポケットに入れた。

風は相変わらず緩やかに海面を撫で、櫂の髪をなびかせる。海も空もくすんでいて、決して綺麗だとは思わなかったが、今の自分にはふさわしく感じた。

「ミハイル」

「何です？」

「俺……あんたが……好きだ」

櫂はミハイルの方を見ることなく、海を眺めながらそう言った。

「先日の私の告白に対する返事だとしたら、やけに遅い気がしますね」

「俺はただ……しらふのときに言いたかっただけだ」

一人でどこか遠くへ行くことも考えた。

見知らぬ土地で人生をやり直すことを。

けれど、ミハイルのもとから逃げ出したとしても、櫂はきっと一生、彼を忘れられないだろう。それどころか、何故ミハイルのもとから逃げ出したのか、死の間際まで後悔するに違いない。

どれほどあがいても、結局、戻ってくるのは、ミハイルの側であり、きっと櫂の唯一残された居場所なのだと気づいたのだ。

「俺が望む限り……あんたは俺の側にいてくれるんだろう？」

「ええ」

顔を上げると、くすんだ空には似合わない、真っ白な海鳥が飛んでいるのが見える。

もうずいぶん長い間、空を飛ぶ鳥など目にしなかった。何処へでも飛んでいける鳥が羨ましくて、意識的に視線を逸らせていたのかもしれない。

だが、今はまっすぐ見つめることができた。

「ただ……条件があります」

「何だ」

「貴方は私のために生きると約束してくれなければなりません。今後、自ら死を選ぶことなどもう許されないのですよ」

確かに、ミハイルは櫂の側にいてくれると約束してくれたが、それにこたえることは櫂自身も大きな決断を伴うことに気づいていた。

彼は危険な男であり、ミハイルの住む世界も同じく危険だ。ミハイルの側にいるということは、裏社会で生きることを決断しなければならない。

そうすると、櫂は温かな家庭というものからほど遠い世界でこれから生きることになる。

仮にもう一度大学へ行くことがあっても、サークル活動やコンパなど、普通の学生と同じような気分では参加できなくなるだろう。日常でありがちな友人とのちょっとした喧嘩など、馬鹿馬鹿しくなるはず。普通の人間関係など築くことなどできなくなるのだ。

最大の問題は、ミハイルはいつでも櫂を切り捨てることができるということだろう。

どれほど甘い言葉を囁かれたとしても、櫂という人間に興味を失えば、次の瞬間にでも赤の他人になれる男だからだ。いつもそれを肝に銘じていなければならない。

生半可な決心でミハイルに返事をしてはならないことを理解した上で、櫂はミハイルの世界に住まう決断を下すことに僅かも躊躇わなかった。

だが、支配されることを許したわけではない。ミハイルもきっとそういう櫂を望んだわけではないはず。

櫂はこれからもあくまで自分らしく生きるつもりだ。受け入れられないことには、今までと同じく拒否し、抵抗するだろう。

媚びることは望まれてもできない。子供だと見下されるのも気に入らない。

むろんミハイルといつかは対等になれるなど、間違っても思わない。ただ、そうあろうと努力することが大事なのだ。

それが新たな櫂の生きる目標となり、自分らしさとなるだろう。

「貴方は私に約束できますか？」

櫂はミハイルの方を向くと、挑むような目を向けて言った。

「ああ。これから先……俺は死ぬまで……あんたのためだけに生きると誓う。……だが、あんたに支配されるつもりはない」

その言葉を聞いたミハイルは艶然と笑った。

ミハイルには分かっているのだ。どれほど支配はされないと櫂が言おうと、無意味なことだと。

この男を愛してしまった櫂は、すでにミハイルの手の中に堕ちているからだ。

「……今更か」

櫂はもう一度、ミハイルに背を向け、手すりに摑まった。しばらくするとミハイルの気配が近づき、背後から手が回された。

「……櫂、愛しています」

耳元で心地よく響いた告白に櫂は目を閉じ、ミハイルに身体を預ける。

瞼《まぶた》の裏には、今しがた見た海鳥の白い残像が焼き付いていて、その姿はいつしか心へと鮮やかに刻まれた。

あとがき

はじめましての方も、すでにご存じの方も、こんにちは。あすかと申します
二作目のお話をいただいたとき、まずやってみたいと思ったのが、闇カジノとSMショーでした。最初はバカラを含めたギャンブル中心のお話にしようと思っていたのですが作り込むうちにSMショーの方がメインに(笑)。といってもかなりソフトです。

ミハイルはすぐにキャラが固まったのですが、櫂《かい》は少し時間がかかりました。何度も担当さんと話し合い、ようやく満足できるキャラに確立できたときは、もうその櫂しか考えられないほどになっていました。

イラストは高座朗《たかくらろう》先生です。担当さんからお名前をお聞きした瞬間、小躍りして喜びました。キャラデザを拝見したときの感動といったら、言葉に表せないほどでした。なんて素晴らしいミハイルと櫂!! もちろんセルゲイや勝敏にも大満足です。この度は本当にありがとうございました。また是非よろしくお願いします。

そして細やかなアドバイスを下さる担当様にもとても感謝しております。私の中の新しい一面を引き出してくださることに、いつも驚きつつも私自身も楽しんでおります。これからもどうぞよろしくお願いします。

また事実確認のため、ご協力いただいた方々すべてに感謝を。みなさま本業が忙しい中、快く話を聞き、力になってくださいました。本当にありがとうございました。

この作品に関するおまけ本や、同人誌の通販などについて知りたいと思ってくださる方がいらっしゃいましたら、申し訳ないのですが80円切手と宛名カードを同封してやって下さいね。手作りおまけ本（こちらはご感想がある方のみです）を遅くなりますが同封させていただき、同人誌などの通販についてもお知らせいたします。ご興味のある方はぜひペーパーを請求してくださいね。

大きなイベントには「Angel Sugar」のサークル名で直参にて参加しています。殺人級の分厚さの同人誌や商業番外などを出していますのでご興味をもたれましたら是非、お立ち寄り下さい。できれば次のイベントでこちらの番外を書き下ろしたいと考えています。

サイトの方でも（Angel Sugar　http://www3.kcn.ne.jp/~asu-ka/）いろいろな連載や企画、イベント参加の告知や新刊案内もしていますので遊びに来てやってくださいね。

楽しんで頂けたことを心から願いつつ、いつかまた皆様にお会いできることを楽しみにしています。

ここまで読んでくださってありがとうございました。

あすか　拝

この本を読んでの
ご意見・ご感想を
お寄せ下さい。

〒151-0051
東京都渋谷区千駄ヶ谷4-9-7
(株)幻冬舎コミックス　小説リンクス編集部
「あすか先生」係／「高座朗《たかくらろう》先生」係

リンクス ロマンス

征服されざる者

2009年8月31日　第1刷発行

著者……………あすか
発行人…………伊藤嘉彦
発行元…………株式会社　幻冬舎コミックス
〒151-0051　東京都渋谷区千駄ヶ谷4-9-7
TEL 03-5411-6434（編集）
発売元…………株式会社　幻冬舎
〒151-0051　東京都渋谷区千駄ヶ谷4-9-7
TEL 03-5411-6222（営業）
振替00120-8-767643
印刷・製本所…共同印刷株式会社
検印廃止

ISBN978-4-344-81736-4　C0293
Printed in Japan

幻冬舎コミックスホームページ　http://www.gentosha-comics.net